天上的魚

唐潤鈿／文

周密(Mi C. Huang)／圖

U0034887

語文牽引兩代情

　　認識唐潤鈿大姐將近六十年，認識周密也有四十年了。初見潤鈿姐時的我，跟周密見我時是一樣的年紀，正是年輕人開始探索進入社會的起步。能跟這對母女結緣交往，可說全是「語文」的牽線。

　　因為我在國語日報擔任探訪、編輯的工作，時時參與藝文活動。跟潤鈿姐以文友相見時，她說：我們早在多年前一起上美國新聞處辦的英文課就是同學了。我才想起那已是十多年前的事。我們是因為一起學習語文（英文）才相識的。知道她的女兒周密中英文俱佳，就約周密翻譯一些歐美的兒童故事在兒童版刊出。她的譯寫流暢，成為小讀者愛閱讀的篇章。她很有藝術天分，唸大學時，對國畫、書法、篆刻都用心下功夫學習，這些基礎功也奠定她今日傑出的成就。

　　潤鈿姐寫作題材多元，作品多次獲獎。在兒童文學方面，她著作的《媽媽在美麗的花園》一書，約我寫序。這部少年小說的時代背景正是中日戰爭時，也是她成長的年代。她以一個小女孩一家人的遭遇來說明戰爭的可怕。國家的任何一點變動，都影響到每個家庭每一個人。對照今天的國際情勢，烏蘇戰爭正是如此。

　　周密大學畢業，正唸藝術研究所時，有機會考取「海上大學」。海上大學三個多月的歷程，遊歷十多個國家，見識各地的風土人情，了解它們的歷史文化。這個難得的機遇，拓展了她的世界觀，充實她的知性內涵。她把所見所聞撰寫成文，在大華晚報以專欄刊出。她以優美的散文筆調，不同於一般遊記的書寫，扎實的內容，引起廣大迴響。這十多萬字的文章集結成書—《海上大學一百天》出版。

　　這些學經歷都是周密赴美留學，再獲印地安那大學藝術史碩士學位的養分。其後在成家養育子女，工作之餘，三年前初執畫筆，跟母親合作，有

了這本《天上的魚》的合輯。每幅女兒的畫作，都牽動媽媽的寫作靈感。文壇上，也有母女合作的成品，但是這本圖文集，讓人感動的是，母女心意合一，彼此的互動，思想、心情的契合，親情的流露，即使原始的創作，母女可能有不同的意想，但是對「美」的感受卻是一致的。這本充滿「美」與「愛」的圖文書，值得親子閱讀，分享。

　　我的記憶中，潤鈿姐總是江南女性的溫柔。周密當年少女的純美，在印地安那大學求學時，我們在那兒相見時的歡愉，到今日她的豐碩成就，在在讓我驚豔。

　　總說「有夢最美」，但能實現才最美，否則只是夢幻。潤鈿姐和周密母女都一步一步實現了她們的「夢想」，有最美的人生，最親密的母女情。

　　感謝「語文」這座橋，連接了我和她們的兩代情。

國語日報前社長及總編輯

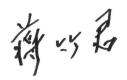

推薦序二
最美二重奏

　　周密要出書了，內容不是她鑽研擅長的歷史或藝術賞析，甚至不是文字創作，而竟然是水彩畫！

　　Mimi說，這是她幾年前病後決意圓自己的一個夢。

　　她應該沒想到還因此圓了另一個夢～一個母女攜手，創作出最美二重奏的美夢！

　　這本書《天上的魚》有兩位作者。除了周密的畫，還有母親唐潤鈿女士，因著女兒的畫，寫出一篇篇的觀後感。

　　周密和媽媽同是「世界女記者與作家協會」中華民國分會的會員，母女二人皆有文采，也是我們這個協會裡難得的母女檔。

　　由於周密定居美國，這幾年媽媽回台和哥哥同住，母女倆就難得在會裡的活動同框了。2017年，疫情尚未爆發前，Mimi專程返台，陪伴母親出席每年12月協會舉辦的年會。她扶著使用助行器的母親，四處和友人合照，母女情深，不言可喻。

　　值得稱道的是，唐阿姨年過90高齡，仍然思路清晰、記憶力驚人。91歲時還決定汰舊換新，添購了一部新電腦，就為了寫文章和傳遞訊息可以更快些。她的文章自然流暢，行筆為文嗅不出一絲「老氣」，身體雖因多年前一場車禍常有刺骨疼痛，但唐阿姨總是樂觀正向，常保赤子之心，讀她的文章如沐春風。

　　而周密竟從藝評學者和作家，搖身一變成為畫家，更讓友人又驚又喜。

　　從小就喜歡塗鴉的周密，或許有著家學淵源和天賦，短短三年拜師習畫，就先後入選美國多個畫會展覽並獲獎，展露另一方才華，讓我們深為佩服。

　　2019年，在周密習畫一年後，母女倆就透過電腦伊妹兒的往返，隔著太

平洋，交織出圖文並茂的二重奏，倆人以圖喚文、以文傳情，就這樣成就了20多幅（篇）母女合作的美事，這才是這本書最動人、獨特的地方。

母親自是女兒的頭號粉絲，也是除了畫室老師同學外，第一個看到周密畫作的人。我揣想著，每當唐阿姨收到女兒新作品時，點開電腦伊妹兒的那一瞬間，是多麼的喜悅開懷！這讓我想起當年母親守著電視機，每晚期待我的裝扮和播報，或有類似的心情。

周密的水彩畫用色和構圖詩情畫意，常教九旬老母憶起兒時，念起家鄉。一如周密繪畫傳遞的真善美，唐阿姨雖常因女兒畫作緬懷過往，但文中少有唏歎，反倒多了自勉和開闊，所以她說：「我忘年，也忘我」，「別感傷，該感恩……」。

唐阿姨不但樂在筆耕，也好學不倦。Mimi（朋友對周密的暱稱）有一幅今年初（2022）的最新畫作〈銀杏〉，讓唐阿姨憶及在上海西郊松江縣老家的銀杏樹，皆十分高大，為何出現在女兒畫中的銀杏卻矮小許多，特意找來家中《辭海》以解疑惑，可見老人家實事求是的精神。

母女二人對於畫作，也會有不同看法。其中難得出現的一幅非寫實的〈無題〉，周密僅僅在畫紙上大膽刷出幾筆色彩。母親建議是否該加上些具象的實物啊？女兒笑著解釋這就是抽象畫呀！母親便再看了看那幅色彩艷麗、好似在自然流動的〈無題〉，這回可看出了趣味盎然，看出了虛實之間的意境，也欣然接受了女兒的說法。

這樣一位心思開明、活到老學到老的媽媽，是不是非常可愛呢？

這些年來，Mimi在美國兼顧家庭和事業，自是有不為人知的辛苦，但她總是用一貫的坦然和淡定面對各種挑戰，還不讓內心夢想的微光熄滅。這一點，老母親是心知肚明的，她因而用各種方式，跨越距離的阻隔，一路支持鼓勵著女兒。

我一篇篇看著書中的圖與文，心裡想著，究竟是Mimi的畫作激活母親的記憶和文思，還是母親的歡喜和肯定，鼓舞了Mimi在繪畫路上的奮進和積極？

一定是兩者皆有，互爲因果的。

《天上的魚》與其說是母女二人才情的展現，不如說是兩人對彼此最深的愛與祝福。

在世界動盪多變的今天，相信這本書也會帶給焦慮徬徨的人們，一個珍惜並體認幸福的感動。

金鐘獎主播、主持人

推薦序三
緣分始於相遇

　　將近六十年前，我家和唐阿姨家都住在板橋「大庭新村」，由於我家住得比較後面，在那重疊六年多的期間，我一定常常經過她們家的門口，我們一定相遇過，彼此卻無緣相識。

　　五十多年後，繞了地球大半圈，我們終於相識了，卻是在報紙上相遇，相遇的通關密語就是「大庭新村」。

　　2013年開始寫作時，我已經五十六歲，三年後開始投稿中文報紙副刊，是一隻慢飛的寫作笨鳥。2017年6月27日，一篇〈西瓜皮的鄉愁〉登在中華日報副刊，那是我登上中華副刊的第二篇文章。三天後，接到華副羊憶玫主編的來信：「〈西瓜皮的鄉愁〉刊出後，引起一位老作家的注意，這位唐阿姨以前也住大庭新村……」。

　　第一次接到成名的資深作家唐阿姨的電郵，讓我興奮異常，八十八高齡的她像母親一樣地對我鼓勵有加，我們開始像筆友一樣以電郵往返。因為唐阿姨有訂中華日報，日後，只要華副刊出我的文章，總會在第一時間接到她的電郵，每一封信都是推動我繼續寫作的動力。

　　我將與唐阿姨認識的經過，寫在一篇〈忘年之交唐阿姨〉的文章中，刊登在2020年10月7日的中華日報副刊。唐阿姨也在她的〈因思鄉遇忘年之交〉和〈她在準備遠行〉兩篇上報文章中，為我那本《走過零下四十度》的新書置入行銷。

　　由於常投稿中華副刊，每天華府的傍晚是臺灣隔日的清晨，我都會在手機上閱讀剛貼出的華副電子報。2019年2月10日的傍晚，我一如往常讀報，讀到一篇唐阿姨的〈天上的魚〉，還有配著周密的一幅同名畫。我立刻用手機寄了一封電郵：「恭喜唐阿姨，讀了今天〈天上的魚〉，非常感動，您文章和周密的畫，母女檔將成為文壇佳話，……真令人羨慕呀！」也很快得到

唐阿姨的回覆：「志榮：真的嗎？〈天上的魚〉刊登了？我還沒看到呢！大概是明天的報紙吧。」

只是那幅〈天上的魚〉的畫讓我很驚訝，周密不只文章寫的好，竟然還會繪畫，而且還畫得頗有意境。

回想接到唐阿姨寄來的第一封電郵中，她就介紹了她的兒子周全和女兒周密，寫道：「周密在密蘇里的聖路易美術館任研究員，她今年發表了多篇日本版畫的文章，在聯合報刊出……。」能夠被臺灣最高殿堂的聯副刊登文章，已經證明了周密遺傳了母親的的文學天分。

後來唐阿姨還說：「女兒近年來迷上了畫，凡是所見美景、美物、特殊情事，她所喜愛的一切，她都想畫下來。」接著，幾乎每個月都會在華副上讀到她們母女合作的文章。

原來，周密從2018年4月開始學水彩畫，半年後，第一次將〈天上的魚〉，寄給台北的媽媽看，「她說很有意思，應該寫篇文章，於是開始兩年多來，有趣的圖文對話。」隨後幾乎每個月，都會在華副發現有一篇唐阿姨以周密的畫為故事背景的文章。

兩年後的另一封電郵中，唐阿姨說：「三年前周密一時興起想學畫，畫了素描後，她的老師就教她學畫水彩，因為她以前畫過國畫。她的老師鼓勵學生自由發揮。她也憑她自己的喜好，畫風景、花卉，也畫人物。」

唐阿姨在另一篇〈好像桃花源〉的文章中，寫到「我想到她小時候就喜歡塗鴉，她曾畫了「我的媽媽」的逗趣畫，我幫她寄給一兒童刊物，登載了。她的爸爸曾說女兒有藝術天分，他還說大概是隔代遺傳……。」

2021年4月，周密在華府華文作家協會雲端論壇以「藝術有話要說」為題演講，介紹聖路易藝術博物館內重要館藏。演講後的閒聊時間，周密談到她的祖父是民初著名書畫家周承德，早年留學日本早稻田大學，工於書法，並擅畫，二十世紀上半葉杭州的「靈隱寺」匾額是他所書寫，也是著名杭州西泠印社創始人之一，還擔任過社長。

天分加上努力，周密也越畫越好，作品常獲選參展或是得獎。如2020年

天上的魚

的〈眺望窗外〉文中，提到周密的水彩畫作品被選入「Comfort and Joy」的聯展，唐阿姨的愛護與驕傲之情溢於言表。

周密說：「我們越洋合作，讓她特別開心，也是我畫畫的額外收穫。」她們在華副上共發表了二十多篇「文：唐潤鈿・圖：周密」的文章。

文章中，看到九十高齡的唐阿姨仍然童心未泯，她總是看到畫中可愛的一面，或思緒敏捷地聯想一些生活日常或人生的回憶，後來才知道，唐阿姨也擅長畫國畫，所以總能精準地抓住女兒的畫中話，也會不時寫些對周密鼓勵的話語，成為一篇篇的溫馨小品。

2020年10月，用心的現任華副李謙益主編將我那篇〈忘年之交唐阿姨〉與唐阿姨的〈臉書貼畫〉一文和周密的畫併排刊登在同一張華副版面，讓我們三個人的作品也在報紙上成為鄰居。

我們因寫作而相遇，因而有緣見證並分享她們母女越洋傳情的樂趣，如今將文章與圖畫集結出版，這是文壇也是畫壇上的佳話與傳奇。

謹送上我最深的祝福！

九里安西王・世界日報華府通訊記者及北美華文作協華府分會前會長

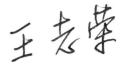

作者序
唯美的願望

　　去年底（2021）我在LINE視訊時跟女兒說道，我想我們的圖文可以出本書。女兒說，有朋友建議收錄更多的文章，可能比較符合出版的條件。但是，我覺得出版一本唯美的書更好！

　　今年初我不幸摔跤，導致肋骨兩處出現裂紋，脊椎嚴重受損，又得肺炎而住進三軍總醫院，一待就是兩個多月。目前住在護理之家調養，年老體衰無法再寫更多的圖與文了，這篇自序是女兒代為打字的。如今女兒遵照我的意思，把我們一起創作的作品合集出書，書名就是第一篇刊登在中華日報副刊的〈天上的魚〉。我記得那時看著女兒的畫，一直在想怎麼會有三條魚在天上，此後我們就以圖文魚雁往返。

　　非常感謝華副前主編羊憶玫和現任主編李謙益，沒有他們的採用刊登與鼓勵，就不會有今天這本書。還有萬分感謝《國語日報》前社長及總編輯蔣竹君，金鐘獎主播及主持人沈春華，以及《世界日報》華府通訊記者及華府作協前會長王志榮（筆名九里安西王）等三位好友推薦賜序。

　　此外，特別感謝《文訊》雜誌社長兼總編輯封德屏，《文訊》熱心的向文化部申請對老作家的慰問信函及慰問金，並於5月20日和我視訊，由文化部人文及出版司科長陳毓麟特別致贈，讓我感激不盡！

　　最後希望讀者們閱讀拙作欣賞繪畫之餘，一同感受我們母女一起創作時的樂趣。謝謝！

唐潤鈿

繪者序
追夢逸興

　　我們每個人都有夢，在心中如火般熾烈，但有時一陣大雨幾乎撲熄，而留下的火種埋在灰燼下，不期然在微明時刻迸發而出。

　　還記得睜眼一看的畫面，麻醉恢復室白色牆上掛著一個大圓鐘，十一點了！距我清晨六點入醫滿久了。閃現腦海中的第一個念頭是，我還活著！先前依稀聽到旁邊有人說：「她還沒有醒來啊？躺了兩個鐘頭多了！」其他病床沒有人，指的一定是我。

　　那是2018年3月初的事，是我人生的轉捩點。

　　過去孩子年幼，一個是自閉兒，一個是資賦優異兒，當然沒時間給自己。孩子長大，我有機會進入最愛的聖路易藝術博物館工作，當然沒時間去學。五十好幾時，想想等退休以後才會有時間吧?!

　　沒想到身體的孱弱卻讓心靈澄淨清明，心中有個小小聲音不斷對自己說：此時不做更待何時？

　　過了一個半月，不再舉步維艱的我，慢慢開車到離家約莫十五分鐘遠的小區，慢慢走進畫家珍・桂若曼的畫室，開始了我的繪畫課。珍老師六十開外優雅風趣，她有一棟美麗的房子和花園。畫室裡另有五位女士，各自用色鉛筆、粉彩、水彩、油畫各式繪畫媒材在作畫，好特別的畫室，我立刻感覺到我走對了第一步。

　　珍老師教學簡潔，素描從線條、明暗值、觀察實物開始。上了幾堂課過後，她拿出幾張雜誌剪下的圖片讓我挑選來畫，我看著不知選哪張，她就說：「What speaks to you?」直接翻譯就是「什麼在跟你對話？」，這句話就成為我後來創作時的重要提示，就是這景象是否打動了我！

　　瀏覽於樹林、動物、花朵、人物中，我選了一位沉思中的中年男子。下一張的選擇，是一位英氣逼人的年輕女子。畫了兩張人物素描，老師頗為滿

意，所以我就可以晉級學習其他繪畫媒材。珍老師說：既然你以前畫過水墨畫，就先從水彩畫下手。從自製彩色明暗值、色輪，學習調色開始，我摸索了幾個月，才比較有信心去畫自己的攝影照片，因為我想創作自己的畫。

　　課堂上老師會邀大家發表新作，我會把在家裡完成的水彩畫秀一下，沒想到大家都很善心，常常稱讚我畫得好，不過此外我就只敢用電郵跟家母分享。

　　水彩有些特質，其中最有意思的是顏料和水融合後會自然產生一些不可複製的色彩趣味。有一張就是如此出現在藍天上，媽媽特別喜歡，她叫我寫篇散文配上自己的畫作去投稿，可我當時忙著寫日本版畫的長文，就轉而請媽媽提筆去寫。

　　第一篇〈天上的魚〉就於2019年2月11日刊登於中華日報副刊上，對我們母女倆都是莫大的鼓勵。尤其家母當時已高齡90歲，幾乎想封筆不寫。年歲高了，病痛難免，不過她常說經由欣賞我的畫作為文，而感到生活的力量，幫她提氣。感謝當時的主編羊憶玫女士，因為她的選用而開啟我們的合作。也感謝現任華副主編李謙益女士，如今圖文小品已進入第四個年頭。

　　我於2020年元月底過完農曆年後自台返回美國，2020年3月疫情於美國爆發後，我就無法回台，只能以畫娛親，共同創作成為我們越洋傳情的樂趣。

　　這期間，我曾嘗試參加美國數個不同畫會的甄選活動，有的落選，有的獲選被邀入聯展中，更有獲得一些殊榮，如：聖路易斯藝術家協會（St. Louis Artists' Guild）頒贈第二名及獎金美金250元，以及藝術聖路易斯會（Art Saint Louis）優勝獎的榮譽（也就是前五名）。新手上路就有不錯的表現，讓家母興奮不已，連連說我繼承了書法家祖父周承德的藝術基因，其實家母也擅長畫國畫，跟多位國畫老師學畫，包括著名畫家黃君璧。

　　現在回想起來，讓我在學畫不滿兩年的時間，就膽大的去報名參加畫會甄選活動，並僥倖獲選，跟珍老師特別的教法或是不教的教法，有極大的關聯。珍老師只教基本畫法，她從來不會叫你如何畫，也不會修改學生的畫

作，只是偶而給些建議，所以我常要努力去想如何下筆，如何表現。由於老師的自由天性與對學生的信心，讓我格外感到繪畫的樂趣，進而也激勵了自由創作的勇氣。

以家母九十好幾的高齡筆耕不輟，書寫流暢溫暖的小文，以我初老的年齡頓悟而追夢，希望我們母女追夢的故事能讓您會心一笑。

在此特別感謝蔣竹君女士，沈春華女士，和王志榮先生（九里安西王）撰文推薦。他們熟識我們母女，文中自然流露出不同的情誼與感想，讓我特別珍惜這麼多年來的忘年之交與友誼。更要感謝好友歐陽元美女士在百忙之中幫忙校對，任何錯字都難逃她的法眼。如果讀者對周密的近作有興趣，請上她的官網https://www.mimichuang.art

最後還要感謝白象主編林榮威與團隊的全力配合，使此書順利出版，並蒙世界女記者與作家協會中華民國分會理事長黃寤蘭慨允在台北華山紅館為《天上的魚》舉辦新書發表會。

Preface

Each of us has a dream that burns like a fire in one's heart, but sometimes a heavy rainfall can make it appear to be extinguished. However, from the ashes, the dwindling fire can burst out unexpectedly at the edge of twilight.

I still remember the scene of the room when I opened my eyes. There was a big round clock hanging on the white wall of the anesthesia recovery room. It was eleven o'clock! A long time had passed since I went to the preoperative room at six o'clock in the morning. The first thought that popped into my mind was, "I'm still alive!" I vaguely heard someone next to me saying, "She hasn't woken up yet? She's been in bed for more than two hours!" There were no patients in the other beds.

That was in early March 2018, which was a turning point in my life.

In the past, when my children were still young, with one being diagnosed as autistic and the other gifted, I was swamped with endless tasks and demands. There wasn't much time left for my personal interests. As the kids grew, I had the opportunity to work at my favorite place, the Saint Louis Art Museum. Still, I didn't have time to study painting. During that time, I thought I probably needed to wait until retirement to take painting lessons!

Unexpectedly, the frailty of the body made the mind clearer and clearer, and there was a small voice in my heart that kept saying to me：When will you do it if you don't do it now?

天上的魚

After a month and a half, no longer struggling with my walking, I decided to drive to a residential area about 15 minutes away from my home. I slowly walked into the studio of Jan Groenemann and started my painting class right away. Ms. Jan was elegant and humorous, and she had a beautiful house with a lovely studio and garden. There were five other ladies in the studio, where everyone was exhibiting her talents with colored pencils, pastels, watercolors, and oil paintings. What a special studio. I immediately felt that I was on the right track for my artistic pursuit.

Ms. Jan's teaching style was simple and easy to understand. We began by sketching different subjects using lines, light and shade values, and observation of real objects. After a few classes, she took out a few picture clippings from different magazines and asked me to choose one to draw. I didn't know what to do. So she asked me, "What speaks to you?" These words became an important reminder when making art from that point on. In other words, does the image touch my heart in any way?

After browsing through the woods, animals, flowers, and people, I picked a middle-aged man in deep thought. The choice for the next subject was a heroic young woman. I drew two figure drawings, and Ms. Jan was quite satisfied, so I could advance to other painting mediums. She said that since I had painted Chinese ink paintings before, I could start with watercolor painting. The lessons started from making personal color value charts, color wheels, and mixing different colors. I fumbled for a few months, but I became more confident in my ability to paint my own paintings based on my photos. I had a strong desire to create my own works.

When we are in class, Ms. Jan will invite us to show our works for peer review. Sometimes I will take out my watercolor paintings that I complete at home. Everyone is so kind and always says something very encouraging. Outside of that, I'm only brave enough to share them with my mother via email.

Watercolor has some unique qualities, the most interesting of which is that the fusion of paint and water can create irreproducible color effects. One of them appeared in the blue sky in my landscape. My mother liked it very much. She asked me to write prose to go with it and submit it to a newspaper in Taiwan. But at that time, I was busy writing long essays on Japanese prints, so I asked my mother to write instead.

The first article "Fish in the Sky" was published in the China Daily News Supplement on February 11, 2019. It was a great encouragement to both my mother and me, especially since my mother was 90 years old then, and she had almost wanted to quit writing. As she ages, achiness and illness are inevitable, but she has often said that appreciating my paintings and writing something based on them always boosts her energy and lifts her spirits. I thank Ms. Yang Yimei, the Editor-in-Chief at the time, who gave us the opportunity to start this special mother-daughter collaboration. I would also like to thank the current Editor-in-Chief, Ms. Li Qianyi. Now the collaboration has entered its fourth year.

At the end of January 2020, I flew back to the United States after celebrating the Lunar New Year with my mother and brother in Taipei. After the outbreak of the pandemic in the United States in March 2020, I was unable to return to Taiwan until early 2022. I could only entertain my mother with my paintings, and co-creation became our own way of showing affection to each other.

During this period, I submitted my artwork to several competitions in the United States. Some were not selected. Some were and have been exhibited at various group exhibitions in different art institutions. I even won the Second Place from St. Louis Artists' Guild and the Award of Excellence (which goes to the top five contenders) from Art Saint Louis. My mother was thrilled by my accomplishment since I am only a novice. She repeatedly said that I must have inherited the artistic genes of my grandfather, Chou Chengde, a renowned calligrapher. In fact, my mother was also good at Chinese ink painting, and learned to paint with many Chinese painting teachers, including the famous painter Huang Junbi.

Looking back on it now, I think it was ambitious to submit my works of art to jury exhibitions at such an early stage of my painting career, having painted for less than two years. I was fortunate to be selected. Ms. Jan's special teaching method must have greatly contributed to this. Ms. Jan only teaches basic painting techniques. She will never tell you how to paint in the process, nor will she modify the students' paintings. She only occasionally gives some suggestions, so I need to think very hard about how to draw and how to express myself. Because of her free style and her confidence in her students, I feel the joy of painting, which in turn inspires my creation.

As my mother is in her 90s, still writing charming essays, and as I have had the epiphany of chasing my dreams at my young old age, I hope our stories can make you smile.

Special thanks to Ms. Chiang Chu-Chun, Ms. Chun Hua Shen, and Mr. Chelong Julian Wang for their recommendation. They have been our friends for many years. You can feel the camaraderie and fondness between the lines, which I cherish wholeheartedly. Should the reader be interested in Mimi's recent works, please visit her official website: https://www.mimichuang.art

Mimi Chou Huang

目錄

推薦序一　語文牽引兩代情‧國語日報前社長及總編輯蔣竹君　002

推薦序二　最美二重奏‧金鐘獎主播、主持人沈春華　004

推薦序三　緣分始於相遇‧世界日報華府通訊記者王志榮／九里安西王　007

作者序　唯美的願望‧唐潤鈿　010

繪者序　追夢逸興‧周密　011

一起去追夢

天上的魚　022

山　024

鴨先知　026

雕塑公園一角　028

霧濛濛的感想　030

聖路易　032

鬱金香花語情境　034

畫無題　036

北極熊與可愛的孩子　038

眺望窗外　040

好美的油菜花田　042

好像桃花源　044

紅鶴　047

可愛的娃娃畫像　050

臉書貼畫　052

安娜　055

喜樂雨中遊──回憶「台灣好行」一日遊　058

黑美人的防疫　061

美好的時光　064

銀杏　067

滑雪　070

柿柿如意　072

唐潤鈿九十歲後文章

不如意事和幸運事／《文訊》10月號/2020第420期　076

坐擁書城／《文訊》4月號/2021第426期　079

俄羅斯、書與老友／《文訊》3月號/2022第437期　082

九十一歲，我買新電腦／《聯合報》繽紛版2021年2月13日　085

如此巧合／完稿於2021年12月8日　088

附錄：塵夢久隨心夢遠／《中外雜誌》2008年六月號第496期　091

畫頁

追夢的媽媽和密密　106

摯愛家庭的媽媽　107

熱愛工作與寫作的媽媽　111

喜愛繪畫充滿愛心的媽媽　113

唐潤鈿小傳　116

周密小傳　117

一起去追夢

天上的魚

今天台北好冷，清晨氣溫只有攝氏15度。我看看窗外，天空也陰沉沉的，吃過早點，我看看電視。而後打開電腦，看到女兒來的伊妹兒，說「氣象預測美國中西部的芝加哥與聖路易地區將有新一波的大風雪。而我們聖路易這兒已經下過大雪，前些日子雪太厚，不能開車，曾放假，停課停班了一天。現在在下小雪，氣溫還是低，零度以下，非常冷。希望別再下大雪了！」而後她附寄了北美世界日報芝加哥的報導「……才從12吋厚的積雪中挖出車子！」

　　真的好冷，我也像那兒的居民一樣，希望老天別再下大雪了！以前聖路易沒有這樣冷啊！

　　而後她寫著：十二月底，趁天晴時出去散步，見聖路易美術博物館前大噴水池映照藍天，水天一色，我就照了幾張照片。上週用作畫畫藍本。水與彩交融之下，竟生出幾條魚兒在天空，平添趣味，我也不想更動。老師看了也很喜歡。同學笑著說應該再畫條海豚。

　　女兒附寄了她的畫作，我覺得她畫得很好，意境很美。大水池映照著蔚藍的天空，藍天飄浮著白雲。遠方有長排稀疏枯樹，枯樹上方淺藍色天空，視野寬廣。再近看大水池內有藍天白雲的倒影，再仔細看上方的藍天，似乎真像是有魚兒三條，很是生動，愈看愈像，很有趣。

　　我記得以前過年、春節、或者平時，大家也都喜歡魚，現在我附上女兒所畫的「天上的魚」，和大家分享「有餘」（有魚）的喜樂吧！

一起去追夢

山

天上的魚

女兒的伊妹兒傳來了她的畫作〈山〉，並寫著：我到雕塑公園散步，看到她偉岸的坐著。不過，低頭沉思的樣子，好像擔負不知多少重責大任。那天我把畫好的水彩畫給老師看。有位同學說：「Wow！她的樣子好像是受虐婦女的代言人。」

女兒說：奇怪，我沒這個感覺。我取這個角度來畫，是最能表現她的氣質，好似天行健的大地之母。法國藝術家馬約爾（Aristide Maillol）將他的這件大型銅像命名為〈山〉。從左腿屈膝呈現三角型姿態看來，真的有山的感覺。媽咪，妳覺得呢？

我振作精神仔細的看，畫中人的左腿形狀的確像山！但我感覺那畫中人困在與枯樹為伍的院子裡，她有點不甘心，像是有話要說，可能是因為她感受到頭頂上的淡雲藍天裡有可愛柔和的陽光。這是我當初的感覺。

那天是農曆新年初四，我才由難以言喻的的疼痛中漸漸復原。午睡醒來，我癱坐在沙發上，右大腿已不像昨晚那麼抽痛，而我的右肩仍然隱隱作痛。多年前一次車禍，導致右肱骨粉碎性骨折，時好時壞。近日來右肩疼痛之外，右側大腿、膝蓋、耳背後及頸子全都抽痛，而昨晚右大腿的抽痛劇烈難當，我一直熱敷擦藥膏，到午夜二時才入睡。清晨醒來，仍想到昨晚椎心的痛。我流著淚下定決心，該聽醫師的話，動手術吧！

過了幾天，我又有心情欣賞女兒的畫，大概是「景由情生，境由心造」吧，我覺得這雕像沒那麼困惑，我還在天空裡發現有自由飛翔的鳥兒呢！因為我已看過醫師，目前不用動手術。除了右肩隱隱作痛之外，沒有其他恐怖的抽痛，我想看畫也很療癒！

鴨先知

我凝視著這幅畫，似有秋涼蕭條或是冬日寒冷的感覺，卻發現了水池中的鴨子，使我想到童年時在上海近郊的老家牆上掛著的一幅畫，題著「春江水暖鴨先知」。即刻，在我眼前映現了垂柳飄舞、繁花似錦的春日景象。

　　然而我再仔細看下去，發現了女兒周密所寫的伊妹兒；「這是我的水彩畫近作，畫的是我家附近多功能公園，有棒球場、兒童遊景區、森林步道。小湖的鴨、魚，常有小朋友餵食，小湖映照四周景致，我喜歡陽光燦爛，就畫了這張遊園圖。老師看著畫面水彩交融，甚為喜愛，還要我拿著畫照相留念，讓我受寵若驚。我想她真是一位會鼓勵學生的老師。」

　　我回想多年前住在美國女兒家，常與女兒帶著她的孩子來這公園散步，我看孫兒孫女與小朋友一起玩樂的景象。而如今女兒的小兒子已大學畢業了，我也自民國一百年五月離美返台定居，由於這幅畫，而使我回到遙遠的童年與逝去的往日。我再仔細欣賞這畫，而水池中的鴨卻是雁，俗稱野鴨子，也使我想到童年時唱過的那首歌〈雁行〉：

　　「青天高，遠樹稀，西風起，雁群飛，排成一字一行齊，飛來飛去不分離，好像我姐姐弟弟，相親相愛手相攜。……」

　　在這畫面中遠樹稀疏的景象看來，該是秋天來到，冬日將近。這些野鴨在這公園小池內大概只是做個過客吧？可能即將又要展翅高飛，飛向適合牠們生活的溫暖地方！

雕塑公園一角

天上的魚

我初看這幅畫，先入我眼簾的是濛濛的上半部，好像是竹林。因我童年時老家後院，在上海西郊的松江，是一片好大的竹園，有繁茂的竹葉，錯綜交雜，兩者好相像。但往下看那不是竹子，那麼粗大，是樹幹，可不知是什麼樹？

　　我的視線往右移，彷彿看到一個孩子騎在木馬上。便想到童年時與左鄰右舍的堂兄弟姐妹們一起騎竹馬、騎木馬、玩種種的遊戲，使我墜入了回憶的時光隧道之中，享有著童年時的歡樂。我忘年也忘我！

　　再仔細看女兒周密最近寄來的新畫作〈雕塑公園一角〉，使我回到了當下。但「雕塑」，我老眼昏花卻看成了「塑膠」，我下意識的想到我童年時還沒有「塑膠」製品！女兒隨新畫作附了幾句話，她寫著：

　　「這些樺樹樹皮好似會一片片的剝落下來，跟雕塑品黑亮光滑的表面成了有趣的對比。這些樹我也在後院種過，把小樹苗放在車後座搬回家，十年下來已長得比二樓還高了。」

　　我想這公園一定很美，也有趣。我望著粗大的樹幹的皮，似乎真的在剝落，而樹身也在長高，細細長長，像竹子一樣。那騎馬的孩子，就像是我的堂兄妹們，而我們是騎竹馬，採竹葉做手工藝玩意兒，使我又回到了童年。

霧濛濛的感想

天上的魚

女兒寄來一幅水彩畫新作，她寫著：「我選了這張隨手照的照片，作為我畫畫的藍本。一邊著水調色，一邊回想在河邊漫遊的時光。那霧濛濛的景致，讓我忽然想起『霧失樓台，月迷津渡』的詞句。而水天蒼茫一片，樹枝枯寂。我的畫好像也為宋代詞人秦觀的心境作了個意外的註釋。」

　　這霧濛濛的美景，使女兒興起了詞人的心意情境之外的感想，而對於我，卻想起了多年前的一個冬天。我在聖路易也經過這類似的景緻，但是因為那天奇冷，以致我的後頸與右耳根疼痛。用熱敷、吃止痛葯都沒用，後來看了一位耳科醫生。到了冬去春來，才治好了我那可怕的疼痛。也使我下定決心不想再在聖路易居住，過那嚴寒的冬天，而回到了溫暖的台北。

　　憑良心講，我非常喜歡霧濛濛的美景，但是枯樹會使我感覺冷。同樣的情景霧濛濛，因各人不同的體驗，感受，而使得想法也完全不同，以致大異其趣。

聖路易

今年四月中旬，我在電視螢幕上看到一座建築尖塔傾斜倒下的畫面，我以爲是在報導八百多年前的歷史事件。結果卻是新聞報導——巴黎聖母院火災，以致尖塔攔腰傾斜倒下。

在法國巴黎賽那河畔美侖美奐的聖母院，是世界各國旅遊者蒞臨觀光的勝地，更是天主教信友必然入內禮拜崇敬聖母的良機所在。

三十年前我與老同學參加歐遊之旅，大家在聖母像前點燃蠟燭祈禱，當時聖母院內的景象鮮明的在我眼前映現。如今巴黎聖母院慘遭火災，我很自然的默默祈禱，希望早日修繕重建。

前幾天女兒跟我說，包括「耶穌荊棘冠」在內的大部分文物都被救出來。

她爲什麼要特別告訴我這件事呢？因爲「耶穌荊棘冠」是一件深具意義的聖物，是由法國國王路易九世（1214～1270）於1231年奉置於聖母院內。她所住的聖路易，正好是以路易九世而命名，法國人暱稱他爲聖路易。

女兒曾畫了聖路易雕像的水彩畫，因我喜歡，她拍了照片，並簡述這雕像屹立於此的文字：

那是18世紀中葉，二位法國皮草商人到了密西西比河邊，建立據點，選用「聖路易」爲名。由於聖路易位在密西西比河與密蘇里河匯流之處，河運便捷，發展很快。20世紀初，此地已成爲美國第四大城，還在1904年舉辦一場規模宏偉的「聖路易世界博覽會」。

女兒周密曾爲美國世界週刊寫過封面故事，她對聖路易做了一些研究，發現國父孫中山先生那時來過聖路易。她認爲國父一定觀賞了當時最先進的設施：如電學、機械、運輸、礦冶和社會教育等。

至於這聖路易雕像，當初是石膏像，豎立在世博大會的進門處。大會結束後爲了長久保存，改用青銅鑄成此像，陳列在聖路易藝術博物館的正前方。睥睨一世，與聖路易大拱門同爲大聖路易的地標。

我覺得「路易九世」好像是一位馳騁於美國領土的武士，現在變成聖路易博物館藝術文物的守護神呢！

鬱金香花語情境

天上的魚

鬱金香又名洋荷花、草麝香，是一種屬於百合科的球莖草本植物。我年輕時從沒見過，見到這艷麗的花時好像已近中年了，才得知鬱金香的花語是愛的表白、名譽、慈善、美麗等。鬱金香的美姿也深刻的留影在我的腦海心田。

　　女兒周密今年（2019）三月返台參加她光仁小學畢業五十周年紀念旅遊，由會長吳官明同學帶領大家去江蘇揚州和南京玩。有位張國器同學還與他93歲的母親同遊，張媽媽總是笑咪咪的。他們一夥人先到吳官明夫婦創業之地揚州旅遊，正巧也是張西光同學的故鄉，然而這是他第一次到訪，感觸頗深。

　　後來到了南京去玩，在玄武湖畔女兒看到了美麗的鬱金香花。

　　在她工作的附近公園裡，園丁在不同的季節會栽種各類不同的花卉。今年四月下旬她在花圃中也看到了鬱金香。

　　女兒跟我說，這次鬱金香色彩搭配得非常別緻，橘紅色、黃色、紫紅色的花陸續開放，那天陽光普照，讓這一片花兒更加明艷照人！她好喜歡，她覺得這時的花圃很合乎花語的情境：「代表著高貴的黃色的鬱金香花被紫色襯托得燦爛，而紫色鬱金香的花語正好是無盡的愛」。

　　她以當日拍攝的照片為藍本，畫下了彩色繽紛的鬱金香水彩畫，寄給我欣賞。信中她再次提到健朗快樂的張媽媽，說她的養身之道是每天到公園健走。我還聽說她燒得一手好菜，逢年過節遠在南京辛勤創業的國器回家時，她都會燒好菜慰勞愛子。

　　我覺得他們旅遊隊伍中的那位仁慈可愛的張媽媽，也真像是成了愛與被愛包圍著的鬱金香一般，她老人家也享有著無盡的愛。在我欣賞這畫時，畫中的鬱金香在我眼前似乎化作了張媽媽慈愛亮麗的笑容。

　　一般人都不喜歡老年人，還有人說老人令人生厭。但我認為張媽媽年紀雖長，而她仍像鬱金香花語情境一般可愛！

畫無題

天上的魚

那天女兒傳來了一幅畫，只寫了〈無題〉。我覺得此畫色彩很美，不過我看不懂她畫的是什麼？

　　好像是印象派。我感覺奇怪，於是回伊妹兒問她，並建議她畫些具像、實物、風景之類，如公園裡奔跑嬉戲的孩童、花兒、綠樹、野草、特殊的景物等等。

　　而她回覆說，這是她的第一張抽象畫，純粹是顏色與筆觸程序的實驗，在家隨興完成卻意外送出，她頗覺奇怪，但說：你看得喜歡就好，能否引發你的靈感來寫文章也就無關緊要。這畫曾帶到畫室給老師看，她很喜歡這種鬆活靈動的表現。

　　於是我也再仔細觀看她的〈無題〉，這色彩景象似乎非常熟悉，曾經在那兒見過？我思索著。我想起來了，在我還不太老的時候，曾與同學參加四個星期的歐遊旅行團去羅馬、英倫、巴黎、法蘭克福等地，旅途中見到類似的艷麗色彩景象。

　　但是，別捨近求遠了！我想到了有一次在台灣旅遊，在歸途中我還拍過一張夕陽西沉，染紅了空中的雲與海水，但近乎是橘色、橙黃、暗紅、深紫多彩的美景！我也看過日出，在微曦的天空遠方霧茫茫中透發出光芒，那是東方，旭日即將要東昇了，果然一會兒從地平線上光芒散射，亮麗的太陽露出笑臉，開始了新的一天。由於這〈無題〉抽象畫，使我足不出戶，在斗室中享見了人間種種美景。

　　我的視線停留在這〈無題〉畫上。我見到了天際的雲、遠方的山巒、溪水、小河，田地、阡陌、其間還有小小的行人。這抽象畫卻在我眼前映現了真實的美景！這也許是無題抽象畫的妙趣就在此虛實之間令人自由自在的感受吧！？

北極熊與可愛的孩子

我打開電腦看伊妹兒，首先發現了一幅畫：一個可愛的洋娃娃，在撫摸著一頭巨大怪獸！牠的頸子長長的。在我的感覺牠的頭與眼睛有點像烏龜，標題寫著：Polar Bear。那是女兒畫的畫，但沒有其他任何文字喔！原來那是熊，怎麼是白色？

我曾看到過的熊都是黑熊，在電影或是在動物院的籠子裡。我想：那可愛的孩子在與白熊逗樂嬉戲，不會有危險性嗎？所以我即刻回伊妹兒給女兒。建議她該畫一頭在籠子內的黑熊。真怕有獸性的動物來傷害了那可愛的孩子！而女兒回伊妹兒，說：

「這種白熊叫北極熊，自由自在的在游水，小朋友隔著觀景大窗跟他玩耍，你大概看不出來吧！等我有空再寫一點，我畫畫是靈感與興趣，寫不寫文章沒有關係的。」

看到回覆，使我茅塞頓開！在我的心目中的熊都是黑熊，在林間、山地行走，孩子怎麼可能跟熊一起玩耍呢？還在水裡游水，這是我做夢也沒想到的事。

因為我實在太愛那可愛的孩子了，怕動物傷害到他！主要也是我老眼昏花，沒有想到是隔著玻璃。孩子是隔著玻璃在跟牠逗樂啊！我只憑我的直覺：我要保護這可愛的孩子。什麼事都該三思而後行，我為什麼不多看兩眼，或者再多想一想。這也是多經一事多長一智，許多事是從經驗中得來的。

也正如女兒所說「我畫畫是靈感與興趣」。我要她加畫個鐵籠，那不是殺風景，也是無理取鬧的笑話吧！也由於這插曲使我一時興起，在女兒還沒再回覆之前，寫下了我這不用大腦的趣事。

眺望窗外

天上的魚

一天女兒密密來了伊妹兒報告她的好消息，說她的一幅畫〈眺望窗外〉，入選「藝術鑄造中心」，要參與「舒適與歡樂」的展覽。她畫的是她的同事站在落地窗前眺望窗外的美景。她傳送了畫以及主辦單位來函通知恭賀入選的喜訊，以及有關畫展公開徵畫的主旨和經過。

她的作品〈眺望窗外〉是主辦單位從150件作品中進行挑選，是選中的53件作品之一，將和來自美國16個州和一位台灣的藝術家們一起參展。不過，在開幕酒會上，展覽經理威爾芬（Kaitlin Wilfing）說，因為寄件不便，台灣畫家沒有一起參展。

關於這張畫的創作過程，女兒說其實也是她的構圖試驗，在新購買的大畫紙上琢磨水彩畫的新局面，她認為用更大的畫筆作畫，頗有揮灑的快意。Arches畫紙尺寸16×20吋。畫中人是同事好友慧玲，她的美麗背影好似帶領觀者一起眺望窗外，共享心曠神怡的好天氣。

這是為了歡迎2020新年的到來，以及熱烈歡迎新的未來十年，密蘇里州的聖查爾斯的「藝術鑄造中心」，特別於2019年的12月下旬至2020年1月24日舉行「舒適與歡樂」的展覽。

前天女兒送上「舒適與歡樂」展覽的鏈接，點一下她的英文名字Mimi C. Huang，就可以看到她的其他水彩畫作。這是主辦單位特別列上所有參展藝術家的頁面，並包括有關展覽的訊息：

http：//www.foundryartcentre.org/comfort-and-joy

我看著畫中主人翁的優雅背影，恬靜地眺望著窗外的大自然，我好喜愛那情景。而那背影畫得好美，好生動！

這是女兒第一次參加甄選展覽，我也高興的分享她的喜樂，她的意料之外的欣喜。

好美的油菜花田

天上的魚

去年三月底女兒返台一個月，她每次返台常常是配合她的同學會，大學、中學或是小學。這次是小學同學會，她與同學們還去了南京、揚州等地旅遊。回到美國後，她來了伊妹兒，說她的腦海裡經常出現那一片又一片的油菜花田，從來沒看過如此一望無涯的鵝黃花浪。我們這一群已經畢業半世紀的小學同學，倘佯在花海中，好像小學生參加遠足一般的興奮雀躍。

　　她說：「當同學會會長吳官明把精心設計的布條拿出，一拉開〈光仁小學第六屆畢業50週年之旅〉，突然之間，我們這群人，也成爲油菜花田的景點，惹得遊人不僅搶著拍照，還有一位陌生的攝影同好主動拿著賴中威同學的專業照相機，幫我們拍下這難得美好的一刻。回想畢業五十年後，小學同學們從事的行業不一而足，有企業家、律師、公司高級主管、作家、醫生、校長、老師、創意設計、科技高手、音樂家等等。在旅遊中，我們都重返童年時光，都是當年的小朋友。玩得開心不已！」

　　女兒又說：「江蘇興化油菜花田景區令人驚豔，我還在想如何把這油菜花田畫得更好，不過先寄上兩張，一張是遠景，另一張是近景。請您先欣賞一下。」

　　我看著女兒的畫，覺得她畫得很好。但是我覺得她所畫，和我童年時腦海中的一望無際的油菜花海不一樣。童年時我住在上海西郊的出生地松江縣，屬於江蘇省。而現在已成爲上海市松江區。那時我所見的油菜花田，是一大片無邊無岸，像是鵝黃色的海洋，頭頂上是藍天，好美的景象一直留印在我的心田、腦海之中。若我會畫，我也想來畫下我心中的美景。

　　而密密所見、所畫，是大塊大塊在大地上併排起來的黃花，在微風中激起的嫩黃色浪花，一定是又一種不同的美吧！反正美的感受予人，皆因時、因地與歲月及心情的不同而有所不同。尤其那「以多取勝」的美，更令人難以忘懷，自童年至近百歲的老年，仍然意象鮮明！

一起去追夢

好像桃花源

這張水彩畫是反映春天的落英繽紛，女兒的同學問她：「這實景是在我們的密蘇里植物園內嗎？」女兒據實以告：「不是，是在藝術山（Art Hill）。」

　　於是她說了，是在她上班的聖路易藝術博物館西側。那天她下班出來要到停車場去，看到遠處樹林開遍了紅、白及各種顏色的花，而在停車場旁邊是一片粉紅色，好美喔！也有花兒在微風中一朵朵的飄下，地上像是鋪了粉紅色地毯，真是可愛。但她已忙了一天急於要回家，無法欣賞如此美景！可是第二天去看，完全消失不見。她憑印象畫下了當時的景色。

　　她的這幅落英繽紛的畫「好像桃花源」，給老師看時，她的珍老師很喜歡，還說了：「You can have your own show。」（你可以開個展了！）

　　周密寄這畫給我時，她的伊妹兒上說了些當時情景，欣喜的寫著老師所說，而後更寫著：「這是老師給我最大的鼓勵，學畫一年半不到，而能得到老師的肯定，真的很開心！」我也為她高興！她好像真是有點藝術的天分！

　　我想到她小時候就喜歡塗鴉，她曾畫了「我的媽媽」的逗趣畫，我幫她寄給一兒童刊物，登載了。可是後來因颱風帶來水災，刊物不見，我也記不清楚那雜誌名稱。

　　她的爸爸曾說女兒有藝術天分，他還說大概是隔代遺傳，後來我得知我的公公周承德留學日本早稻田大學，當過老師和校長，工於書法，並擅畫，二十世紀上半葉杭州的「靈隱寺」是他所書寫。後來她的爸爸又誇女兒寫的字是我們全家四人中寫得最好的。不過女兒沒走向藝術之途，她大學唸歷史系。後來考上國內的藝術研究所，又在美國研究西洋藝術史，先後得了兩個碩士學位。

　　女兒在美國結婚後為了孩子有病，照顧孩子，沒做全職的工作，只在報社任職記者寫寫稿。而她的大孩子患的是煩人的自閉症，她全心全意全力的愛著她的孩子，我的女婿也愛他們的孩子，後來他們又有了個可愛兒子，周密更沒有餘力外出工作。孩子長大之後，她有機緣進入聖路易藝術博物館。她很喜愛她的工作環境，上班之餘，還抽空去學畫！

從這幅落英繽紛的畫，我看到她的心靈也似乎映現了文學家陶淵明筆下的「桃花源記」中的漁夫主人翁一般的欣喜！我也很開心，希望世人都能發現每個人心中的「桃花源」！

天上的魚

紅鶴

早晨我打開電腦看伊妹兒，卻發現了六隻優雅的紅鶴，使我連想到「鶴立雞群」的成語。而在我眼前的全是可愛挺立多姿的紅鶴，我想到多年前見過類此美景。

　　然而現在這是女兒畫的水彩畫。我正欣賞著。過了一會兒卻又收到另一幅相同的畫，她不滿意她昨日傳送的紅鶴偏藍，她說這張紅鶴的色調正確。

　　其實在我看來都很好啊！我望著這張紅鶴色調正確的畫，她又寫著：「網路上說，紅鶴又名火鶴或火烈鳥，為一大型的水鳥。火烈鳥象徵著忠貞的愛情，張揚的青春。同時也代表著不滅的的意志，無窮的精力和幻想。火烈鳥的一生只有一個伴侶。」

　　女兒又說：「在聖路易動物園的池塘裡有十來隻優雅快樂的紅鶴，生活空間廣大，饒富自然美。」

　　這使我想起來了，我的確是見過這真實美景，那時丈夫離世沒多久，我住在美國女兒家，女兒常帶著孩子陪著我去聖路易植物園和動物園去遊覽、觀賞。

　　聖路易的動植物園是世界聞名的，占地大，分有很多區，有志工導覽，尤其孩子喜愛各種動物。我們坐著觀光小火車在園裡轉，那時好像去過好多次，才見識了世界各國的珍奇動物。而現在她的小兒子（我的外孫安立），已自芝加哥大學畢業。

　　安立剛進入大學那年，我決定返回台北定居。安立平時都講英文，偶而說點國語，不過他童年時都跟我講國語，還有過一件趣事，那天早晨我問他：

　　「安立，你吃過牛奶了嗎？」

　　而他字正腔圓的說：「外婆，我喝過了。」而後他加強著語氣說：「喝牛奶、吃飯。牛奶應該是說『喝』的啊！」我誇他：「安立，你對。」那時他認真學習，週末也樂意的進當地的中文學校。可是慢慢長大，興趣日減，他要學法文。直到他高中畢業，卻想到了中文的重要，因為他的美國同學能講中國話，他覺得很慚愧，決心要加強學習中文。於是他大一暑假就來台北

天上的魚

進師大國語教學中心學中文，大二去花蓮教英文，與只會講中文的中、小學生相處，也可教學相長。大三暑假他也來台北，在外交部工讀。大四畢業以後因為在美國就業，就沒來台灣了。

　　由於紅鶴，使我連想到許多往事，我好似墜入了時光隧道之中，我很想問問安立：可否還記得在聖路易動物園一同欣賞紅鶴美景的時光？

可愛的娃娃畫像

天上的魚

女兒近年來迷上了畫，凡是所見美景、美物、特殊情事，她所喜愛的一切，她都想畫下來。前陣子她畫了她的兒子安立小時候的畫像，那是一個很有趣的故事。

　　娃娃在上中學以前不愛理髮而常哭鬧。因此理髮在女兒家是一件大事，她必須施出各種手腕，才能順利的帶兒子去理髮。有一次她好不容易的帶兒子去理髮，順利的修剪完畢，一次完美的理髮！她就用相機拍下了當時娃娃的照片，她與娃娃都很高興。

　　回家之後，沖洗出來的照片上卻多了一個站在櫃檯邊的大胖子，他的大胖背影遍布在所有的鏡子裡，與可愛的娃娃成了有趣的對比，女兒脫口而出「怎麼每個鏡子裡都有個屁股！」

　　娃娃大笑說：「媽媽看錯了，那是人！不是屁股！」弄得全家人都哈哈大笑。

　　現在娃娃大學畢業，在工作了。注意儀表，他自動會去理髮。去年女兒發現了那張照片，看著娃娃可愛模樣，她就想畫下來，她琢磨著該如何去除掉那胖子背影，娃娃過來看到。他還記得童年當時大笑情境。

　　年初，她在網上看到有個徵畫的消息，她想參加，取出〈娃娃的畫像〉等三幅畫，她把那畫像命名為〈時間囊〉，也是一種再創作，然後寫下說明：

　　「芝麻街製作人漢森有句名言：『我認識的最世故的人，他們內心深處都是孩子』。這幅水彩畫描繪了一個在夢幻般的建築前表情嚴肅的孩子，它可以被看作是一個成年人的內心渴望，以及我們所有人想通過藝術重回孩童的初心。」

　　前幾天她收到主辦單位通知〈時間囊〉入選，後又通知他獲得優勝獎（Award of Excellence）！她收到通知，有點喜出望外。來伊妹兒傳送了她畫的〈娃娃的畫像〉給我看，並述說她這意外欣喜的好消息，我很喜歡那可愛又傳神的命名〈時間囊〉，我也喜愛安立童年時〈娃娃的畫像〉中那可愛的模樣！

臉書貼畫

天上的魚

女兒的繪畫老師眞會鼓勵學生，前月又推行一個藝術家的貼畫活動；他要把學生的好作品放在臉書上讓人欣賞，每天一張，連續十天。而後再換另一人，也連續十天十張畫。這樣的一個連續不停的藝術家的臉書貼畫展覽！

　　那天老師在臉書上提名女兒參與，所以她必需要準備十天的十張畫貼在她的臉書上。後來我問她都是最近的新畫嗎？她說大半都是舊作品，而我也沒有臉書帳號就作罷。

　　後來她寄了三張新畫給我看，其中一張是一個可愛的小女孩，我好喜歡喔！

　　我問她那裡弄來這麼可愛的照片來畫？她說：才不是，是我同事的女兒，在上幼稚園，長得漂亮可愛又伶俐聰明。

　　小女孩在教室裡講她自己的故事，說她頭上的玫瑰髮夾是台北的朋友送的。她的老師不信這麼小的孩子會有朋友在台北？所以問她的媽媽。

　　原來那個髮夾是女兒所送；她今年（2020）元月返台，在台北家裡過農曆新年，回美國時帶了些台北的小東西給同事與朋友。那小女孩的媽媽是女兒的同事也是好朋友，因爲那位同事以前搬新家，地下室裡還留有原來屋主的一些雜物書畫要送他們。其中好幾個花瓶，不知道是亞洲那個國家的，日本或是中國？她照了相片問周密，女兒爲同事解決了疑難，所以兩人也成了好友。

　　周密還送了另一個精緻的珠花髮夾給同事的女兒，那小女孩更喜愛。怕掉，自己珍藏起來，不戴到學校。女兒說：有一次，小女孩跟媽媽去聖路易科學館，導覽員看她年紀小，跟他簡介太陽系，沒想到小女孩聽一下，就說她現在最喜歡看有關凱博帶（Kuiper belt）的故事，可把導覽嚇了一跳！（註，凱博帶位於太陽系的海王星軌道外側）那小女孩漂亮可愛之外，還擁有特殊的智慧，眞是難得。她擁有的一切都是得天獨厚！

　　我看那小女孩的畫像愈看愈可愛，據說女兒的展品也佳評如潮。好友春華在臉書上寫著：「Mimi你的繪畫天分到底是怎麼爆發的呢？眞是太驚人了！」而後又說喜愛她的畫風。

周密的臉書展期十天要到了。有一位同學建議她再來下一檔的臉書貼畫，可是她不想。雖然新冠疫情讓她居家上班，可是工作一點也沒少，想到休閒時間畫畫之餘，仍要回覆許多來函，還真花時間。自己應該量力而為。

我覺得女兒的想法很正確，人生所追求的很多，名、利、興趣……是該量力為之，利人也能利己最好，最要考慮的是自己的能力，還有健康至為重要，她能這樣考量，我很感安慰欣喜！

天上的魚

安娜

安娜是一位腫瘤科醫師，這幅畫上的她看起來並不像是醫師。她去農夫市場買菜，穿的是一件白色無袖吊帶背心，背個背包，背包配以橘紅色的扣帶，腰間圍著一個淺藍色放錢的小腰包。

她的穿著很時髦，頭上戴的是醫用的防新冠病毒專用的頭套，上面寫有「Face Shield」字樣。

那是初夏，新冠病毒已蔓延全球危害世人的健康。安娜小時候隨著外交官父親住在國外，後來自日本獨自到美國，工讀念大學，然後學醫，成為腫瘤科醫師。但她中文有限，不過能講，也能閱讀，又很努力自修，會寫漢俳。她參加聖路易華人作協，因閱讀與寫作和我女兒周密相識，成了好友。我住在聖路易時，也見過她幾面。

女兒喜歡安娜勇健的形象為她畫了一幅畫，也傳送給我看。我看不懂安娜穿著的衣服，問女兒才得知安娜所穿的是防疫病的專用頭套，上面還有說明文字，我視力不好，仔細看才看清楚。

這病毒蔓延全球已一年，尚未平息，在英國還有變種的疫情蔓延！好恐怖！正巧收到友人Line網路上對這病毒如何的影響我們生活與無奈心情的笑談描繪，原來今年（2021年）是這樣過的啊！

一月疫情 二月封
三月每天 看時中
四月發呆 在家中
五月坐吃 等山空
七月八月 出遊風
九月十月 美豬風
十一二月 又年終
今年活著 算成功
明年怎活 研究中

天上的魚

疫情再不 全劇終
人人鐵定 會發瘋

以上所言正是我們住在台灣的生活寫照。美國更是嚴重，至今已有三十多萬病人因新冠而亡，病逝人數令人震驚。重災區的疫情，更是給萬物之靈的人類予以嚴重考驗。

現在整個世界仍然籠罩在恐怖疫情之中，只有各自珍重。我們生活在台灣的人民是幸運的。祈求全能的上主護佑大家平安，朝著「撥雲見日」的路途前行。

可是，「九月十月 美豬風」，進口萊豬問題仍然喋喋不休，何時才能風平浪靜？我想問安娜，你是醫生，又住美國，你們吃那種肉嗎？據說餵養萊豬的藥物有害人體的健康。為何不禁止呢？迫害人民的健康於未來，這是人為的災害。

那危害全球的新冠病毒是天災，我們只有祈求老天護佑我們，至於美豬的餵養與進口，更該祈求上主恩賜人類都能有正常仁慈的善心愛心。希望2021年疫情趕快平息，成為大家茶餘飯後的聊天資料，正如安娜的防疫頭套把所有病毒都排除在生活之外。

喜樂雨中遊——回憶
「台灣好行」一日遊

天上的魚

這幅畫中間是名作家陳若曦、右側為林少雯、左側穿黑衣最老的是我。是我女兒密密畫的。那天我們參加「世界女記者女作家協會中華民國分會」的旅遊。

分會於2013年會請交通部長葉匡時蒞臨演講，部長曾口頭邀請會員們體驗台灣交通的便利，如「台灣好行」的規劃。後由觀光局安排這「皇冠北海岸線」一日遊的行程。

當我收到30人參與的名單時，氣象預測寒流來襲，所以寄了雨天行程方案。是日安排我們在台北觀光局集合出發，先去「台灣好行」的起站—基隆火車站。因寒流來襲，濕冷，我很想打退堂鼓。在出發前夕，難以入眠，過午夜後到3時才睡著。醒來已是清晨8時，匆匆梳洗，吃早點，坐上計程車，及時抵達觀光局。

我們30人分坐3輛中型巴士。見到了國民旅遊組組長等，而後到達基隆火車站旁「台灣好行」遊客中心旅遊諮詢處，便展開了預定行程，第一站至一太e衛浴觀光工廠，洪董事長講述了他於2007年起艱辛的創業過程。得知他跟他一起創業的大弟合作，得有如今的成就。他家有七兄弟。他的大哥在台北教會。因我是天主教信友得知這位洪董事長原來是那時我們天主教台北教區洪山川總主教的大弟。他們兄弟都各有所成。

我們參觀時，見有世界各國式樣及自創的各式水龍頭、浴盆、馬桶、紅外線足浴桶等種種衛浴及保健設施和製品，琳琅滿目。好友少雯拿著她的相機，出示她與野柳女王頭的合影。我猜想是以前所拍攝，她卻說：「剛剛才拍！」她走得快，先到「雞籠故事館」拍的。那複製品與野柳女王頭非常相像，唯妙唯肖！

這「衛浴文化館」和「雞籠故事館」是全國首創結合教育、科技、環保，文化與養生的一座衛浴觀光工廠。午餐，我們享用精心設計的少鹽、少油及低卡路里多膳食纖維特色的活力養生套餐。餐後參觀朱銘美術館，而後參訪三芝遊客中心暨名人文物館，並在遊客中心旁的「自然藝境」享受下午茶和當地名產點心及欣賞窗外雨中美景、品茗談天。據說利用這類行程大半

是年輕女性、也多知識分子，因為上網即可查得，只要帶悠遊卡便可與三、五好友刷卡上路旅遊。

因少雯拍了很多照片、周密又據以作畫，使我能清晰回想起那一天出乎意料、難以忘懷的「喜樂雨中遊」。

從前我只知大名鼎鼎的陳若曦、她得過國家文藝獎與她的名著小說「尹縣長」，也知其曾任海外華文女作家協會首任會長，同為會員又同遊之後，相處機會較多，得知與眾不同的思想見解，現為晚晴協會及銀髮族協會終身義工，令人感佩。

少雯的作品很多，她寫下規勸人們「愛物愛人」的文章、又仿豐子愷護生畫集，配上畫予人分享，我很欣羨！也奢望我們再能同遊。

可是，現在台灣沒有這項旅遊規劃，而我又已92歲，最近且腳腫，就醫作心臟超音波檢驗結果，患有嚴重主動脈瓣膜狹窄，要動手術，不可能再參與旅遊。幸好那時把握時機、使我老來仍能回憶那次難得的美好旅遊時光！

黑美人的防疫

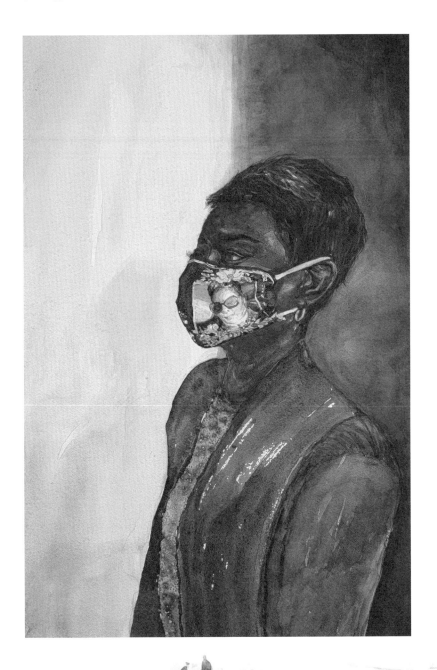

那天我收到女兒的這幅畫、很覺眼熟。但想不起來她畫的是誰？

　　畫中人的髮型跟我的短髮相像、但是她年輕、絕不是我！所以我問女兒為何要寄我這畫？

　　女兒回覆說：「她是我的髮型設計師艾妮塔，為我美髮十多年了，我們常在剪髮時聊天。」並說她敬業、為人和善。別看她年輕，大兒子已大學畢業，在加州工作，最近還生了個可愛兒子。小兒子目前在上大學。

　　2020年新冠肺炎病毒蔓延全球，所有髮廊規定客人都要戴口罩才可進門剪髮。艾妮塔別出心裁，特別訂製一個印有她照片的口罩，好讓顧客認得她，也記得她。女兒很欣賞她的創意，幫她照相，後來女兒據以畫了這畫，博得艾妮塔和其他美髮師的讚美。

　　當時因為很多美國人不愛戴口罩，防疫做得不好，確診人數激增，死亡慘重。幸好後來美國研發出了疫苗。大家都希望施打疫苗可以保護自身安全，就不需戴口罩了。如今美國已有過半數人口接受疫苗，日常生活逐漸恢復正常。

　　我收到這畫，是今年（2021年）五月底，卻是新冠肺炎病毒在台灣肆虐之時。每天總有多人「確診」，以及「死亡」。因為我們還沒有疫苗，高端國產疫苗正在研發中。值此危急警戒時刻，大家不敢外出，都躲在家避疫，以防感染恐怖的新冠肺炎疫病。

　　現在善心企業家及國際單位陸續捐贈我國疫苗，包括日本送了大批AZ疫苗。防疫中心的施打順序以85歲以上老年人為優先。我已年過90，正可施打。但是我有先入為主不想打的觀念，因為「我恨日本」，日本引發中日戰爭，抗戰八年！使童年的我受盡苦痛，全家逃難、母親去世、日本憲兵要逮捕我父親的恐怖，及失學的苦痛。所好我日後逃家來台求學，才得以幸運的活到現在！

　　在要決定打不打AZ疫苗之時，我的內心充滿了恨與痛苦。我的女兒和好友都說應該打疫苗。我遲疑了幾天，後來一念之間我改變了，接受好友們的善意分析，覺得過去的事已經過去了，「恨」毫無意義，反而增加自己內

天上的魚

心的痛苦。爲了健康該去打防疫的疫苗。因爲我的至友已經打過，我就在應該打疫苗的日子（6月15日）由兒子陪同去打了疫苗。

　　我平安無事，沒有不良反應。內心恨意也消，生活一切如常。

　　現在我常常默默的祈求全能的造物主早日平息這恐怖的新冠肺炎病毒，讓我們儘快恢復正常生活，不必戴口罩，可以自由自在的歡聚或旅遊。希望女兒下一張可以畫沒戴口罩的黑美人。

美好的時光

天上的魚

我剛看到女兒周密這幅畫時覺得並不吸引人，但是仔細看好像別有風味。

三年前周密一時興起想學畫，畫了素描後，她的老師就教她學畫水彩，因為她以前畫過國畫。她的老師鼓勵學生自由發揮。她也憑她自己的喜好，畫風景、花卉，也畫人物。而她畫的人物特別多，而且還得過美國當地畫會的嘉獎。

她畫過她的兒子、同事與朋友的幼稚園女兒，畫得栩栩如生！她精益求精，然而為了求好心切，而喪失了一些繪畫的樂趣。不過她依然對繪畫興趣濃厚，不斷鑽研其他種繪畫技巧，並且去戶外寫生。

最近她寄給我看的這幅畫卻不是寫生的照片，而是靜物小品，我很覺奇怪。

在她所寫的信函中，得知她近來心情不是很愉快，因為她畫人物的自我要求高，在求真之外又求美，常常精力與體力都付出雙倍，卻仍不滿意。有次老師要學生們靜物寫生。她覺得輕鬆愉快，畫一幅畫不到兩小時就完成了。

一天老師選取了花與瓜果物件排列放置桌上，讓學生參考作畫。女兒的作品組合就是這花、果與裝滿了實物的一個大袋子，袋上寫著「Have A Nice Day」，內容不知，讓觀賞者猜測。

她說以前她愛畫人卻很少寫生，那天發現新鮮感！就像大袋子內不知裝的是什麼？但打開看了，才知道袋子內裝了許多用小塑膠袋包裝好一包包透明的曬乾了的香菇、黃豆、紅豆、黑豆與綠豆等各色豆類，形狀、大小、色彩不同，琳琅滿目，都是滋養身心，對我們有益的的食品。

我想到這些花卉令人賞心悅目，瓜果也於人有益，猜測她當時的心情一定非常愉快，看著所畫的花卉瓜果形狀顏色各異，享受繪畫的樂趣。瓜果不會抱怨畫得像不像，那時的她不會計較得失，應該更能入忘我之境！

那是我當時看畫時的心情變化。我很高興。女兒能隨時調正自己的心情，使自己愉快，也使我想到藝術、文藝作品與繪畫的力量。繪畫者本人，

一起去追夢

或是閱看觀賞者也都會受到影響，使人保持好心情，行走在美好喜樂的人生
旅途上。

銀杏

最近女兒寄給我她新畫的一幅可愛的行道樹，她說，每天去美術館上班都經過這道路旁的銀杏樹，好喜愛它們，終於畫下來了，美不美？

我覺得美，並問是銀杏樹嗎？印象中的銀杏樹是非常高大而不是這樣嬌小，那是我童年在中國大陸上海西郊松江縣老家時，我們唐家墓園內有好幾棵非常高大的銀杏樹，它的果實叫「白果」，全家人都愛吃，所以那高大的印象深刻留於腦海。那是我童年往事，然而如今銀杏樹在眼前映現的卻是另一種姿態，那麼小巧可愛，這就是結「白果」的銀杏嗎？我想著這問題。

一天在家翻閱《辭海》，想查一個成語，卻意外的發現「白果」這條目。

順便看看，真是踏破鐵鞋無覓處，得來全不費功夫。這兒就寫著：「白果指銀杏的果實，後即為其樹之稱，……銀杏，又名白果、落葉喬木，幹高可達十餘丈，葉有長柄，為扇形常二裂，至秋變黃而脫落。花小無花被，乃單性，雌雄異株。並說明木材堅緻、為製品與建築之良材」，此條目很特殊，還畫有銀杏樹葉的圖像呢！

我太高興了，女兒所畫的就是我童年所見的銀杏。但是我想，日後這些行道樹那可又是另一種景象了，每棵都會十餘丈高啊！這小徑能容得下如此大樹嗎？後又覺得自己的想法是「杞人憂天」，多管閒事。

然而在我眼前，畫中小巧的銀杏卻變成了大樹，我回到童年時代、我們全家人在清明時節掃墓踏青時的情景映現眼前，如今我已邁入九十老耄之年，父母早已作古，比我小五歲的小妹癌症已病逝九年。我遷播來到台灣進高中，入大學，結婚、就業、做母親，我的兒女如今也都到了初老的年齡。老家墓園早已遷移，該地已成為從松江到上海的交通要道，一切的人與事物皆已改變，真可以「物換星移」來形容。多變的世事，也使我想到我國大文豪蘇東坡所寫的文章〈赤壁賦〉內的語句：

「壬戌之秋，七月既望，蘇子與客泛舟於赤壁之上……」，他談到世事的「變」，指出「自其變者而觀之，天地間不能以一瞬，自其不變者觀之，則物與我皆無盡也」。

天上的魚

我想，十年之後，這些銀杏樹一定更加茁壯，聖路易森林公園一定變成另一種景象，這是大自然的變的定律！又想，人生長壽也不過百年，我已老邁來日無多而有點感傷，但能活到如此年歲也算是幸運，該多多欣賞眼前的美物美景，別感傷，該感恩現今擁有的一切！這也是賞畫之餘的自我警惕與鼓勵。

滑雪

天上的魚

雪在天空飛舞的姿態真是美！所以冬天卽使再冷，大家都還是喜愛！女兒說她上班時總在藝術山環顧四周，欣賞一下雪景。

藝術山是個小山丘，山頂是聖路易藝術博物館，博物館前是廣大的綠地，一下雪就變成白茫茫的一片。最近她畫成了這幅「滑雪」美景寄給我看。畫中只有父子三人，好像是老爸在教兩個孩子如何滑雪的模樣。

這使我想起二十多年前的一個冬天，我在美國女兒家，那時我是台北與聖路易之間的空中飛人。外孫安立在上幼稚園，那天我們大家都在她家的後院賞雪、玩雪、滑雪，安立穿的是大紅的雪衣，女兒爲大家都拍了照片。安立在白雪中的一點紅，非常可愛。我試著用水彩畫了下來，並寫了篇短文記述那天快樂的情景，投寄國語日報，並附寄我畫的安立在白雪中一點紅的畫。

那篇圖文在報上刊登了，然而當時的剪報現在找不到，也忘了何年何月何日刊登的？所以也沒法再找到了。只能怪我自己是個「非善良管理人」。現在年歲大，記憶力更差，所以女兒叫我多多用筆來寫，記下日期、事件，隨身帶個小小記事本。

最妙的事，那天女兒寄畫時，她附帶寫了個附註：通常賞雪的人好多，滑雪的人也不少，有老有少，不過那天人偏偏很少。山腳下的湖邊還堆滿了一捆捆的稻草，因爲他們怕滑雪的人滑過頭衝到湖裡去，萬一湖面結冰不厚，會出意外，讓人樂極生悲。

這景我很喜愛，讓我想到穿紅色雪衣的小安立，如今他大學畢業，已經在工作了，我還能不老嗎？！

但是我仍然記得那時候的冬天，我常在屋內望著窗外一朵朵的雪花在空中飛舞，真是一朵朵白白的花，停留、飄蕩，現在仍然在我眼前，似乎還在我眼前飛揚呢！

進入2022年的元月，台灣天氣很冷，可是台北不會下雪，看了這畫中的父子三人滑雪，也是應景。使我眼前飄揚起朵朵雪花，好美、好可愛、我好像仍然很年輕，也在雪地滑雪、玩雪呢！

柿柿如意

天上的魚

我的女兒喜愛繪畫，她愛畫人物與風景，很少畫靜物畫。不過不論古今中外，畫家常愛畫靜物，題材多以花卉、果物、器皿居多。

　　眼前這張畫是女兒難得的靜物畫，她已寄給我很久。畫的是柿子與香蕉。我見是非常通俗的水果，同時她也寄有人物畫，我很喜愛她畫中那可愛的小女孩。便卽想寫篇短文投稿。女兒也一再的寄人物畫。我竟忘了她的這張靜物畫。

　　近年來因新冠肺炎病毒蔓延全球，確診及病故的人數眾多，非常恐怖。但我們居住在小小的台灣卻很是幸運，在生活上可說沒有受到太大影響。而一般流傳的說法是台灣人大家都對防疫有功，出門在外都肯戴口罩，還有另外一說是因爲台灣盛產香蕉，香蕉含單寧酸，專家說人體內有足夠的單寧酸卽可早期破壞病毒的蛋白質，使其失去複製能力，因而有防疫的功效。台灣人大家也都愛吃香蕉，這使我想起了女兒的靜物畫上的香蕉。所以把這近乎已遺忘的靜物畫找出來欣賞，現在居然很是喜愛。

　　我年輕時，就喜愛吃香蕉。香蕉隨時隨地都可見到。又多又便宜，吃起來非常簡便，味道又甜美，是台灣名聞天下的特產。

　　通常「物以稀爲貴」，可能是見多也吃多了，不稀奇，兒子不愛吃香蕉，他說在服兵役期間，每餐一根香蕉，看也看厭了，現在他不吃一條條的香蕉，我爲鼓勵他吃，在切梨子、蘋果等瓜果時，我也把香蕉切成一片片放入，他也照樣的吃。我想他的不吃祇是一種成見、偏見。

　　我不喜歡吃柿子，從小就不愛吃，可能是柿子的果汁水分太多，小時候會弄得兩手滿臉都會濕濕黏黏的關係吧！，其實柿子很好吃，我現在就很愛吃呢！

　　賣柿子的人還會送你一句好口彩「事事如意」，因「事」與「柿」同音。含有祝福深意。

　　這次農曆新年春節的時光，正巧香蕉與柿子在同一盤子裡成了一件「靜物畫」。香蕉可以防疫，柿子變化爲事事如意。這幅靜物畫在春節期間裡是一吉祥的靜物畫啊！祝福大家年年天天事事如意。身心健康平安，天天喜樂。

一起去追夢

唐潤鈿九十歲後文章

不如意事和幸運事

真沒有想到在全球新冠肺炎病毒蔓延期間，我度過了91歲的生日！

那天我要去醫院例行門診——老年人慢性病高血壓、高血脂每三個月一次；是日要去看驗血的結果，兒子陪同我去醫院；為了防範感染病毒，我們都戴口罩，坐計程車回到家門口，我付車費時，兒子取下口罩。

司機問：「你們是夫妻嗎？」

我說：「他是我兒子，媽媽老了，兒子頭髮也白了。」

我以感傷的語氣回答，因我認為這是我的人生最大的「不如意事」！

兒子什麼都好，聰明、記憶與理解力特強，他考上第一志願的大學，出國去歐洲留學、得學位碩士、博士候選人，通拉丁文等多國語言。就是老僧入定，遲遲不結婚！

以前我擔心他「早婚」，以「學業、事業為重來提醒他」。而如今兒子頭髮比媽媽還白，我希望他染黑，而他還以白髮為傲，有「年高德劭」的表徵！我無能為力，只能嘆氣以舒發胸中沉悶。

如今我們母子相依為命，親友說我幸運，「91歲還有兒子在身旁照顧你。」

真的，我覺得能活到現在就是「幸運」！因為我的遭遇從童年起就是一連串的不如意。但是人生能有「如意事一、二」，何嘗也不是人生「幸運事」！

我覺得我是不幸者中很幸運的一個人，歷經中日抗戰；八歲時抗日戰爭，逃難，失去慈母，成了沒娘的孩子。

後又歷經第二次世界大戰，那時我們住在上海法租界。當時的英、法租界都被日本占領，成了淪陷區。父親是留駐在上海的國民黨黨員，險被日本憲兵逮捕，後來父親與繼母逃離上海，我又與父親生離。

幸而大姐新婚，姐夫從商，我留在上海大姐家。我考上住家附近的「私

天上的魚

立新本女中」，我的同學李禮修母親過世，父親遠在重慶，她在上海也沒有父母，有姑姑照顧，我與她同學三年感情特好，情同姐妹。

民國34年（1945年）夏天我初中畢業，姐夫全家遷離上海，我回上海西郊的老家。長輩安排我在小學教書，而我是想讀高中進大學的。我痛苦感嘆！禮修安慰我鼓勵我。

是年九月開學不久，抗戰勝利，父親返鄉，又回到上海市黨部工作，我很高興，我想我可以回上海讀書了。而父親說目前還不能。我將這失望、不如意事寫信告訴禮修，她已讀高中，她希望我能早日回上海，並說以後會設法幫助我。

我忍耐了兩年半，得知堂叔從重慶到了台灣，我想離家去台灣，而叔叔的信上寫著要我在上海就讀，並要匯學雜等費用給我。我拿著信高興的去上海禮修家，見到禮修的高中同學，有的要我留在上海，有的建議我去北平。

可是我認為不讓我讀書是後母的主意，我恨她！要離家遠遠的。禮修也贊同。到台灣經過許多周折，是長篇小說題材，我寫了，還不完善，也未發表，這是題外話。

桐蓀叔叔時任基隆港務局港務長，我來台，住在叔嬸家，在基隆女中讀高一下，而禮修在上海已是高三，她來信說畢業後想來台灣讀大學，我好高興。可是她遲遲沒來，而到民國39年我已考上台灣大學，而她與我於民國38年以後斷了音訊；之前曾有一艘從上海來台的太平輪失事，乘客罹難，我希望禮修沒上太平輪，後來兩岸互不往來，一切都在記掛思念中。

總統經國先生政策開放，台灣人民可以返鄉探親與通訊，我與家鄉的小妹取得了連繫，小妹勞心勞力為我取得禮修的南京地址。

我回鄉探親，回到已離別近40年的老家，一切物是人非，父親在文化大革命那年去世，後母健在。小妹嫁的是醫師丈夫，生活很好，她的大女兒已婚，有了外孫女，我們以含淚的微笑相見。

後來小妹陪我去南京與禮修歡聚，禮修與丈夫，他們曾在東北多年，後

來才搬到南京，家住雞鳴寺附近。我們兩姐妹在她家住了兩晚，她陪我們遊覽中山陵與南京的名勝古蹟，還與她的親友共餐歡飲。後來我多次返鄉，禮修與她的妹妹也來台灣觀光與探視她居住在台北的三孃孃（即姑姑），我也見到了她的三孃孃和表弟妹們，她的表弟坦率地問：「你高中就加入了共產黨，是嗎？」她笑而未答，因人多又轉換話題。此後我們也不談論政治。

　　但我想到我們兩人都是不幸者中的幸運兒，假如她來了台灣讀大學，她在高中已加入了共產黨，在老蔣總統反共抗俄時代，她必定槍斃，我也一定遭誅連，性命不保。

　　我若不來台灣，因父親是國民黨黨員，在共產黨毛澤東統治下，我一定活不到現在。

　　真的，我很幸運來到台灣，平安自由的活到現在，是「幸運之神眷顧了我」！

　　我更覺得禮修與我兩人好幸運，都逃過了那時代的苦難！現在大家都能平安正常的生活。

　　五年前台大早年校友會在北京召開，兒子陪我出席大會，住在北京的禮修大女兒和女婿請我們吃飯，還帶了禮修送的禮物，說她剛自北京大女兒家回到南京，在處理事務不能來北京，只有期待下次見面了。

　　「人生不如意事十之八、九」，但我現在認為人生能有「如意事一、二」，何嘗也不是人生的一件「幸運事」！

　　我想到我國大文學家陸游名言：「山重水複疑無路，柳暗花明又一村」。若我們遭遇不如意事，或許出其不意的卻會讓入走上另一條豁然開朗的大道。這是我的感悟，也是我親歷的人生旅程。

　　我覺得人的一生，在旅途中似乎總有慈光在前引領著我們前行。

天上的魚

坐擁書城

　　這畫是女兒最近依據我的
舊著《書僮書話》書中的照片
所畫。那時我還年輕,在國立
中央圖書館(即現在位於中山
南路的國家圖書館)初任參考
館員時所拍攝,四圍全是參考
工具書,眞是坐擁書城。

　　我法律學系畢業,在律師
事務所工作。因機緣巧合進入
圖書館工作,受過初級與高級
兩次專業訓練,於民國61年
(1972年)調任參考服務工
作。這工作的詮釋如下:「直
接幫助讀者得到答案及利用館
藏資料從事學習與研究者的服
務」。

　　那時的圖書館服務,尙未走上自動化並利用谷歌Google查詢,必須查
閱各種參考工具書與資料或利用館際合作爲讀者解決問題。也有來自國內外
的信函、市內電話。我曾寫過一篇〈現代書僮〉,民國68年於《中央日報》
的「讀書專刊」登載,大意是說:我的工作是「參考服務」,整天與書爲
伍,還逼得天天爲人讀書,我說我是個道地的「現代書僮」。古時候的書僮
伺候公子,磨墨、拿書。而現在的參考館員是大衆的書僮!必須爲讀者解決
問題,或指點閱讀門徑。而讀者的問題五花八門,天文地理無所不包。我爲
此上天下地的去尋找,查各種目錄、索引、年鑑、指南、百科全書等參考書

或普通書刊，來解決問題，並舉例數則。

該文刊出後，我又寫「圖書館員甘苦談」與有關「閱讀」及「圖書」的文章。後來彙集成《書僮書話》一書，於民國72年由台北文史哲出版社出版。77年9月增訂再版。

全書共分四章，首章介紹圖書館的服務與資料的利用，次章介紹圖書及為讀者解答問題時，實際查尋資料的經驗，第三章序記與漫談，包括新書簡介，第四章附錄。全書十二萬字。是我二十多年的工作寫照紀錄。

《書僮書話》出版，我覺得累，想退休，認為可以在家自由自在的讀自己喜愛、想讀的書。

而公務人員退休規定，服務年資需滿25年，或年滿65歲，我都不合。但我服務年資已23年。只要等2年就可退休，我還是高興！可是我的好友知道我想退休，他們都說我傻，且有以下見解……

「這麼好的工作環境，若是我到了限齡退休，可能還捨不得離開呢？」

「妳天天接觸圖書，滿沾書香味，多好啊！」

「退休了也不一定能多讀書，我就是一個例子。本來以為退休後的時間都是屬於自己的，多讀書，也可以多寫作。而上午若去買菜，或與親友電話一通，一個上午就去了一半。有時應約外出，逛街逍遙一番，連下午也報銷了。晚上呢，看電視新聞，好節目又捨不得放棄，因而也沒時間來看書，所以我勸妳不要急著退休！」他們這樣至情至理的勸導。也有一位朋友這樣說：

「書中自有黃金屋！」、「妳與書作伴，因而能寫出讀後感或書評之類的文章，寫二、三篇的稿費就可以買個金戒子了吧？」帶有尖酸意味，我只好苦笑不語。可不知我熬了多少夜晚，挑燈夜戰寫出一篇，其中況味，如人飲水，只有冷暖自知。

又一位老同學爽朗率直地說：「你啊，真是身在福中不知福！別說坐擁書城是一大享受，就連外圍環境也美，水池、蓮花、綠樹，及姹紫嫣紅，是不可多得的佳景啊！」她們如此的欣羨我的工作環境！

天上的魚

我被好友勸導、數落之後，靜靜思考，覺得工作地點坐落於台北市南海路43號，在植物園內，大環境幽美，不用贅述。我的工作也很順遂，《書僮書話》有主任劉崇仁、館長王振鵠以及首任館長蔣復璁三位賜寫序文，那時蔣館長已榮任故宮博物院院長了。

　　國立中央圖書館新建工程於民國75年竣工，於是搬遷至中山南路新館，我也到了新館工作。次年我因右側髖關節炎，腿痛嚴重，住院治療，出院後仍不良於行。為此於76年8月退休，那時我的服務年資已33年。我真沒想到我會在圖書館工作一輩子！大概是老天的安排吧？！

　　我剛自台大畢業，在律師事務所工作，教授第二外國語的法文老師龔神父問我：「對圖書館工作有沒有興趣？中央圖書館於民國38年隨著政府自南京搬遷到台灣，要在台北復館，需要大量工作人員。」

　　我於大二時與同學聽龔士榮神父講天主教要理，也於那年的聖誕節在台北華山天主堂領洗成為天主教信友。

　　我經過蔣館長的面試，被錄用了。原來蔣館長也是龔神父所付洗的信友。

　　民國43年10月1日我就到中央圖書館的籌備處工作，職稱是「實習員」。擔任收發工作。於45年在南海路開放閱覽，我為「人事管理員」處理人事行政。後來由於我的要求，蔣館長派我兩次受訓之後，調到閱覽組工作。後來論文著作送審，經銓敘部通過，我的職稱改為「編輯」。我因腿病於76年8月退休時職稱是編纂。現在是110年（2021）元月25日，我已是年逾91歲老婦！這是我做夢也沒想到的事！這大概就是「人生若夢」吧？！

　　這畫因女兒的妙筆我還很年輕。不過依據舊書上的黑白照片來畫，她畫得很辛苦呢。謝謝她！

俄羅斯、書與老友

這巧遇、也是喜遇，是我痛苦人生中的幸運事吧？

那天老同學雅文來了，我們真是老同學，民國39年夏天考進台大，從新生註冊日相識開始，同住女生宿舍。她的小兒子已是大學院長！我們一直有連繫，近年來都住台北，還常見面。

那天午飯後她去書店買書。我與她同行隨意瀏覽，發現一本紅色書背的書，我以為是畫冊，痴痴的望著。

「你要買那本書嗎？」雅文過來問。

「不買，」我答：「只是看看，我視力不好，書名看不清楚。」

「《俄羅斯：一千年的狂野紀事》。」

「書名那麼長。」

「是啊！」她答：「你不買，那我們回家吧！」於是我們坐上計程車聊天，談「俄羅斯」。又說「羅宋湯」、「白俄」、「反共抗俄」，談我們身歷之事。

童年我八歲，抗日戰爭，我家逃難住上海法租界，雅文家從蘇州也搬到上海，我們都幸運的逃過劫難、活到目前九十來歲。感謝醫藥發達，但又想到2020年初全球「新冠肺炎疫病」蔓延起、為防疫我們都戴著口罩講話很不習慣。一會兒我到家，我們相約下次在母親節前後再歡聚。

我午睡做了個白日夢，回到童年、喝著姐姐剛從鄰居那兒學煮的可口羅宋湯。那時俄羅斯因國內革命，很多白俄逃難到上海，愛新奇的姐姐剛學會俄羅斯的羅宋湯，使我們嘗鮮享口福。那是我的童年樂事。

到現在老年記憶猶新，在夢中還分享大姐的美味羅宋湯呢！

我午睡起來看到兒子電腦桌旁的厚書，封面亮麗、書背全紅，有點眼熟，寫著金色英文《RUSSIA》還有更大的三字《俄羅斯》，下面有一行較小的字寫著「一千年的狂野紀事」。我驚喜，問兒子：「文阿姨又來過？這

天上的魚

書是她剛送來的？」兒子說：「沒有啊！出版社送的，已放了好多天！你今天才看到？」

「是啊！」我這老媽自認年歲大、視力不好。我順手翻閱此書，見封面下方有「BBC Radio 4，朗讀選書，馬丁‧西克史密斯Martin Sixsmith著，周全譯。」我說：「這是你翻譯的書。」他說：「是啊！」我問：「你的《俄羅斯》不是在很多年前出版，上下兩冊。怎麼現在變成一本了呢？」他說：「那是六年前。」

我問：「現在都流行精悍小巧、厚書會有人買嗎？」他答：「這是歷史，大概銷路不錯，所以出版社把以前上下冊合為一冊再版。」於是我翻閱這本665頁的厚書。書後頁寫著：「俄羅斯，這個國家橫跨十一個時區、有上百個民族、一百五十多種語言，是地球上最大的國家。曾經是歐亞大陸最顯赫的皇族之一。」英國首相邱吉爾說：「我沒辦法向你預測俄羅斯會怎麼做，她是包裹在謎中之謎裡的一個謎。」

「俄羅斯近一千年來都是一個擴張的帝國，起先是獨裁的君主，後來的沙皇被推翻，由獨裁的共產政黨統治。歷代的統治者都要求百姓服從，然而反過來，這個共產獨裁的國家於1991年土崩瓦解！這期間原因何在？所有國家的領導人、學者、一般人都有興趣來探索以求解答吧！」可是我家的兩冊《俄羅斯》一直在書架上我沒看，而這本封面亮麗的《俄羅斯》我也視而無睹。今天才發現，往事歷歷在目，但異於尋常的心情。

六年前兒子陪我去北京參加台大校友會後返台。一天，他的兩眼視力不能集中，但他遮住一眼仍可閱讀並在電腦前工作，我想他的眼睛有問題，該看醫生，而中秋節放假，颱風天沒有門診，我們到附近醫院急診，儀器故障，我陪他到內湖三總醫院，醫生診斷「腦幹中風」。這把我們急壞了！

所幸兒子順利住進醫院，又遇良醫。如有神助、他痊癒。那時我寫了短文〈兒子腦幹中風〉在《天主教之聲雜誌》喜訊雙月刊99期登載。親友提醒我，日後要注意兒子的保健，中風常有後遺症或復發，所以我心情沉重，但是在他出院不久出版社要出版他的譯書《俄羅斯》，2015年11月出版了上

冊、下冊又於次年1月出版。

　　當時周全中風病癒出院剛回家，吃藥治療，而他又忙著新書出版，我擔憂，所幸他沒有後遺症！我卻摔跤、右手腕骨折動手術、傷筋動骨一百天！手術後我竟忘了兒子翻譯的《俄羅斯》一書。可是此刻所見皆是「俄羅斯」，剛才雅文與我在車上講到老總統蔣介石的「白色恐怖」也是因他的反共抗俄！後又說到美國2020年新冠肺炎病毒剛蔓延時，雅文的親戚在美國「確症」，幸好治療痊癒。雅文的結語認為這新冠肺炎病毒很像是「俄羅斯輪盤賭」、要看各人的命運了！

　　我們相約於母親節前後再歡聚。可是台灣正遇上新冠肺炎病毒肆虐，為避禍不敢出門！宅在家。雅文說她家正買了《俄羅斯：一千年的狂野紀事》周全的譯書，她可以在家看。

　　我也正好靜下心來看書，這何嘗不也是一件樂事！我不知雅文所說「俄羅斯輪盤賭」，查Google得知那是一種玩命的遊戲，使我增添新知。這也是開卷有益吧！這是我近年來的多難驚險奇事、巧遇！更擁有相識70年的老友！我認為這是我痛苦人生中的一大幸運事。

　　每個人的一生都是未定之天，願大家在痛苦中避禍，卻意外地能轉危為安。全能的神保佑我們世人！（完稿於2021年7月9日新冠肺炎病毒Delta在台灣肆虐之時）

天上的魚

九十一歲，我買新電腦

買新電腦的決心

這天我買了新電腦，眞是出乎自己的意料之外！

近來我的電腦常出錯，又慢，送去修理，老闆建議買新電腦。他邊檢測邊說：「卽使換零件還是快不了。」我想只是偶爾寫寫稿，以及與親友通訊息，互報平安而已，眞需要一台新電腦嗎？我都已經九十一歲了！老闆卻說：「現代人壽命都長，妳很健康，再活八年十年沒問題，可能超過一百歲！」我想，他講的話有道理，我寫一篇稿耗費很多時間，何況年輕時就知道古訓：「珍惜光陰。」現在年歲大，時間對我更是寶貴，加上親友都說我記性好、頭腦好，還能寫文章發表，寫作又是我老年的唯一嗜好，是該買台新電腦。

我雖年歲大，血壓高，膽固醇高，在吃藥治療中，但沒其他大病，還有很多幸運的巧合，彷彿上天恩賜。

二十年前丈夫病逝，兒女回到海外就學就業，我一人在台北成了「獨居老人」。女兒接我去美國居住，後來在德國的兒子返台，我仍住美國。但想到兒子未婚，一人獨居台北六年，我記掛他，便於民國100年5月返台了。

那時，兒子翻譯寫作，他把我帶回家的筆記型電腦放在他旁邊小桌連線，我坐沙發上也可以將就地寫稿，便這麼平靜克難過日子。轉眼間過了九年，提筆寫下此文的民國109年11月，中間歷經兒子中風、我跌跤右手腕骨折動手術，所幸母子都平安。而109年是恐怖的一年──新冠病毒蔓延全球，但我們也都平安度過，我想我該有來日，這又增加了買新電腦的決心。

電腦送到家，人坐在桌前，一個清純可愛的德國女孩忽然映現於我腦海。那是三十年前兒子留學德國哥廷根大學、剛得碩士學位的時候，他負責照顧漢學系學生兼理課業，一天，他與同學三人在街上遇到另一名女同學，

以及名叫泰克蕾的鄰居女孩，於是大家一塊聊天，兩人有了認識。

　　兩年後，兒子在圖書館遇見泰克蕾，她已是大學漢學系學生，兩人都因以前那一段而彼此印象深刻，這下又成了師生，談話很投緣。她的外祖父正巧住在她家斜對面，我兒子也因此認得了她的外祖父，外祖父看到小倆口談得來很高興，常邀請兒子去他家喝咖啡聊天。然而，外婆對外國人有偏見，不希望他們來往。不過，泰克蕾好學，她於暑假來台學中文，也曾去大陸學中國話，漸漸外婆改變觀念，也喜歡我兒子與他們來往。

我不再為此憂鬱

　　我女兒在美國結婚那年，全家人在美國團聚，兒子給大家看泰克蕾的照片，說等她大學畢業，他要向她求婚，大家都為他高興。不過，聽說泰克蕾的父母不太贊同，不希望女兒遠嫁異國人士；那時，有位德國同學介入，泰克蕾就這麼移情別戀。兒子失戀了，傷心痛苦，我卻一直不知，還在顧慮將來如何與外國媳婦相處呢？等到兒子假期返台，丈夫與我才得知這一切。

　　我相信時間會療傷，可之後親友、我的同學、鄰居與天主教教友為兒子介紹、相親，最終都沒緣結婚。起初，我本想讓兒子一人在家，可以多一點空間，可是多年下來他仍然是單身貴族；倏忽之間，我女兒的孩子已大學畢業在工作了，兒子則將邁入老年。

　　去年四月兒子陪我去醫院例行的門診，因預防病毒感染，我們都戴口罩。回程坐計程車到家門口，我付車資，司機突然問：「你們是夫妻嗎？」我感傷地說：「他是我兒子，媽媽老了，兒子頭髮也白了。」

　　兒子沒結婚，是我人生一大遺憾，親友卻說：「妳好命，九十一歲還有兒子陪伴照顧！」是嗎？以前我為此憂鬱煩悶，後來感悟，憂傷對自己與兒子的身心都有害而無益。《聖經》記載「世事天定」，並說天下之事「生有時，死有時，耕種有時」，世事都是上主安排，所以我想該就這麼接受天定的一切。

　　說到這，便想起一位封主任，他在六十五歲退休之年遇見了一位不到

四十歲的女同事，因有緣而結婚。主任年頭結婚度蜜月、年尾辦理退休，跟著請了年度休假的太太，一塊去國外逍遙旅遊。後來，他倆生了兩個兒子，現在他們都在工作了。

　　這真是一件奇緣異事，我想著想著，不由得異想天開，希望兒子也來個奇遇。我儡笑我的傻想，但且讓我作作好夢──仍能夠活在希望之中，是神恩賜給我的吧！老人在希望中過活也是一件人生樂事，應該感恩，是嗎？

如此巧合

我因跌跤，右髖骨骨折，手術後不良於行，要推四輪助行器才能行走外出。那天我推著助行器去天主教堂望彌撒，彌撒結束，我推車回家，在路上右腿突然疼痛，不能舉步。幸好路人幫我打電話，又離家近，兒子來接，我平安的回到了家。

丈夫去世三十年，目前只有九十二歲的我與已不年輕的兒子，母子相依為命。女兒留學在美，已婚，有她自己的家。

五年前的中秋節，兒子的眼睛突然焦點不集中，不能看書。他正在翻譯一本德文書為中文。即將完成，他遮住一眼。仍然在電腦前工作。我見此異狀，要他去看醫生。而節日放假，醫院沒門診卻有颱風。我們到附近的醫院急診，可是檢驗器材故障。

我們去了內湖三總醫院，檢驗結果「腦幹中風」，兒子即時住院。我們很緊張。幸而巧遇良醫！蔡佳光醫生治好了病！病癒後仍需去醫院回診，蔡醫生是一位神經內科醫生，我年歲大，高血壓，血液循環不良，後來就跟著兒子回診時一同門診。我也由蔡醫師治療。

現在兒子正常工作，那天兒子陪我去附近醫院骨科門診，醫院離家近，兒子要我坐輪椅。我想推輪椅走路，也是一種運動。就讓兒子推著我去醫院。

我在等候門診時，手機有簡訊，是保險公司的業務員鳳玲。兒子中風時她曾來探望，有時她與另一位業務員其隆同來，鳳玲稱他為姐夫，後來我得知其隆的太太沛瑩也同在保險公司工作，是主任不作外勤。

鳳玲與其隆兩位因外勤業務常來舍下，大家也談得來，所以像朋友一般。後來我還被邀請參加他們新光人壽保險公司的五十八週年慶活動，同時見到他們三位。聊天後知道他們同事之間相處融洽。他們對待客戶也善意熱情。

天上的魚

鳳玲平時也會以電話或Line簡訊與我們連絡問好。

那天因舍下沒人。鳳玲就打手機電話。我接聽，可是網路問題，沒能通話，也不能LINE。但對方知道我在用手機，就是無法互通訊息。鳳玲必然奇怪，怎會不在家呢？她一定想到我近來腳腫，心臟瓣膜狹窄在看醫生。

我的兒子忙著寫稿，曾有過一次鳳玲與其隆兩人陪我去石碑榮總醫院看心臟瓣膜權威名醫陳嬰華醫生。是一位教友幫我掛號的。我已經在醫院做了驗血及超音波檢驗，在等待看結果是否需動手術。

而在幾天前，我參加了他們新光保險公司節慶活動。他們也都知道我的心臟有點問題，他們兩位聰明，便從醫院著手，居然來到我家附近的醫院，那時我已看過醫生領了藥。兒子推著輪椅上的我，準備回家，我卻發現鳳玲與其隆，他們在醫院內快速走來，說：「我們來接你們。」

我很覺奇怪，他們述說來到醫院的前因後果，我才知道他們是在擔心，怕我突發病痛，我說：「我很好，今天是例行的骨科門診。你們好聰明啊！即使是約好的。可也不會都那麼準時。好巧。」

他們要送我回家，我的輪椅就被放在他的後車廂。我要請他們吃飯，而他們都各有理由，說今天不行。那只好下次了。

我回到家。一直想著這事！怎麼這樣巧？！

兒子因中風病癒，沒享有保險理賠，卻使我們得到人間可貴的溫馨友誼。我不知道其他保險公司業務員也是如此熱誠善良？

我覺得保險業務是營利，但也是在助人，人有急難時伸出援手。發揚人世間珍貴溫馨的互助美德。

我的腳腫於今年二月間因心臟問題引發，我便在我家附近醫院看心臟科焦醫生，焦醫生卻推介我看陳嬰華醫生，還印了我的病歷要我帶給陳醫生參考。我內心納悶。

後來我從鄰居與教友那兒得知陳醫生是名醫，心臟瓣膜手術一流。但是我怕動手術，我年歲大，所以仍請焦醫生治療。在焦醫生治療下腳腫在消

退，然而最近醫院因在治療新冠病毒確症病人，對外停診，我就沒法再看焦醫生。只好到別的醫院就醫。而我看的新醫生是心臟血管科，這位醫生為我治療三個月，不是驗血就是做種種檢驗，把我當作肥羊，不對症下藥。我的腳愈來愈腫，我非常憂慮，好像得了憂鬱症，幸有好鄰居告知醫院正常開放訊息及教友胡姐替我掛號，我才回到焦醫師與後來陳醫師的診治，不然可能已告別人間了。我所遇蔡醫生、焦醫生、陳醫生等多位都是良醫，他們的醫德牢記我心，永不忘懷。至於那位心臟血管科醫生在我看來像是沒醫德的庸醫，他對我的腳腫不對症下藥，只作各種檢驗，那時我非常擔憂，認為我將不久於人世，而世間多善心人，我能再見良醫，使我幸運地轉變了人生，如今仍能正常平安的生活著。我很感恩!

　　當然我也忘不了保險公司!為兒子和女兒做要保人，替他們兄妹兩人投保了為慶祝58週年新推出的「美滿富貴」終身壽險。也是在互助吧?!

　　以前我不知，也從沒保險，兒子在德國、美國與俄國有二十多年。我們母子回台北團聚居住，也只是近十年之事。我不知道兒子何時參加保險的?到了老耄之年使我享有兒子保險的福利，也就是關懷與可貴友誼，這也真是一種人生的巧合吧?!（完稿於2021年12月8日）

附錄：塵夢久隨心夢遠

　　近來台灣的「入聯」成了熱門話題。而且爲了宣傳入聯，郵局曾在信件上加蓋中英文的「加人聯合國」（UN for Taiwan）戳記，引起民眾嚴重抗議。並有一位補習班美籍英文老師，認爲這是獨裁作法，政府不能利用私人信件當作執政黨宣傳品。故附上他自台灣寫給美國未婚妻的信封以爲佐證，藉以抗議侵犯言論自由。這在去年（二〇〇七年十月十六日）北美《世界日報》A7台灣新聞版刊出。

　　我開始撰寫本文的日期是十月二十四日，爲聯合國紀念日，也是我與周大利結婚五十三週年的日子。由入聯與在聯合國紀念日結婚，這使我連想起許多往事。同時日前在《世界日報》「上下古今」版讀到多篇追思溫哈熊將軍的文章。由於有溫哈熊將軍與夫人洪娟女士在大利病中探望與賜助，先夫才得以安息於五指山國軍示範公墓。

　　周大利已離世近十三年，而溫將軍亦於二〇〇七年七月病逝，也安葬於五指山國軍公墓。這段人生短促的際遇往事一切如同昨日，全部映現於眼簾：

初遇軍人周大利

　　時在民國四十年（一九五一年），我還是台大法律系二年級學生。同班同學史家賢說她家的一間房子租給了一位自東京來的軍人。那是她父親的朋友的下屬，曾任駐日代表團的團員，在國民政府還都南京後派往東京，現調回台北。他在台一無親人，故侯伯伯（侯騰，國防部第二廳廳長）代他找房子，安排他住在她家。

　　史家賢幾乎每天都有她家房客的報導，說他的書多、唱片也多，長相好、英文也好。他每天去國防部上班，他的房門大開。他很大方，讓她們全家人自由出入，並說要看書就拿來看，想聽古典音樂就自己拿唱片來放。因

為他英文好，她母親請他抽空教她與她大妹英文。她跟我說假如想讀英文的話，也去買一本「English Echo」到她家來讀。那時我忙於課業，又擔任家教，抽不出時間。

一天，她更興奮地說，他還會跳舞，舞姿很美。他去東京之前，曾出任我國駐美助理武官，在華盛頓時進舞蹈學校學的。美蓮與雅文曾來她家，他教了她們三人跳舞。她說他什麼都好，就是名字有點俗氣，叫周大利。

史家賢二十歲生日，是周大利買了大蛋糕為她慶生，並舉行小小舞會。雅文、美蓮和我都參加，史家賢就讀海軍官校的堂哥和數位同學也來了。大家談笑、吃喝，也學跳舞，是一場愉快的聚會。後來我也跟她們一起學英文。因為他比我們年長十歲，便把我們當作小妹妹看待，要我們叫他叔叔。他說他最不會記名字，所以按照我們的高矮來稱呼，家賢比較高大，稱她為大妹妹。我比較矮胖，稱中妹妹。雅文嬌小，稱小妹妹。家賢有時要他請看電影。他居然也請大家看電影，而自己一個人呼呼大睡。有時他請大家喝咖啡，這是他發表言論的良機。因為他愛說話，講他在東京時駐日代表團與團長的種種趣事。其一是何世禮團長喜歡打網球。他說承蒙團長看得起，邀他一起打球，而他不會，也不愛打網球，真是苦不堪言。最後是不歡而退出。他的朋友笑他不識抬舉，人家想接近團長，連邊都沾不上呢！為此他也耿耿於懷。

因為他健談，所以我們都知道了他祖籍浙江海寧，因父親在杭州教學、家住杭州，故他在杭州出生，能講一口道地的杭州話和上海話。他的父親周承德曾留學日本早稻田大學，是同盟會元老，不過在革命成功之後無意於仕途而從事教育。前國立中央圖書館館長，後轉任故宮博物院院長的蔣復璁亦出其門下。他的父親除了作育人才之外，也是華東著名的書法家，杭州靈隱寺「大雄寶殿」四字即出自其手。他的母親楊氏，自幼也接受現代教育。他還拿出其母住在上海大姐家時寄給他的最後一封信，要他以後少寫信，即使寫信也只要報平安，不談其他。善於言談並笑容滿面的他即刻臉色轉為凝重。他更為父親的早逝而感傷。他是老么，與兄姐們全由母親含辛茹苦、勤

儉持家，他們才得以完成學業。

　　他在杭州高中畢業後，考入浙江大學土木工程系。民國二十六年中日戰爭爆發，因此他投筆從戎，在西安七分校十六期總隊砲兵科受訓。軍校畢業後駐守潼關，歷任排長、連附及區隊長等。民國三十年考入軍訓部外語班受訓。三十二年考入軍令部駐外武官訓練班。三十三年畢業後奉派擔任駐美陸軍武官署語文軍官，並獲准同時在華盛頓大學進修。在美時溫哈熊與他兩人都是上尉，是最年輕的駐外武官。

　　三十六年他奉調返國，凡駐外回國的人都在南京大出風頭。他也常出入於各重要場合，周遭盡是高官美女。孫科的女兒也與他交往了一段時日，但他想到門第關係，不該高攀而終止。翌年他調任駐德代表團少校團員，後改派至青島擔任國防部駐美西太平洋艦隊連絡參謀。三十八年派任駐日代表團團員。

　　此時神州板蕩，局勢危殆。政府駐外人員滯外不歸者不乏其人，而他竟自東京來台，擔任國防部戰計會少校參謀。四十年冬天蒙蔣總統召見，譽為忠貞人士，說他缺乏部隊經歷，故後來派他到屏東擔任砲兵連長。

　　他奉調至屏東後，史家賢就不再談周大利，而談起她家的新房客姚福元了．姚福元任職於民航公司（CAT），當時是待遇非常優渥的機構，見聞與舶來品也多，但我都不感興趣。而有一次家賢提及她在聽天主教的道理，邀我跟她一起去。我好奇，便跟了她一起去聽。原來講天主教道理的是教授我們第二外國語——法文的龔士榮神父。龔神父深入淺出地講天主教的要理，那天從宇宙講到身邊瑣事。他先說：「天地間有位無限大的大主宰，創造了一切。」然後神父望著大家手上的手錶說：「我們每個人所戴的手錶，大家是不是都知道有個製造錶的人？」大家點頭同意。而後神父言歸正傳：「一切井然有序的自然界是否也該有個創造者？」大家也都點頭。後來我常跟家賢一起去聽天主教的要理。大家常提出各種問題。如耶穌為什麼降生為人？生命的意義。人為什麼有罪惡？人的生死問題。神父為什麼不結婚？這些埋在人心深處的各種疑問，龔神父都為我們釋疑解惑。使我們認識了是神也是

人的耶穌基督。後來在那年的聖誕節，我們這些聽道的學生大半都領受聖洗。

　　那段期間，我收到周大利自屏東來信，他說非常無聊，便想到了寫封信問候。我禮貌地回了一封，略述些神父所講的道理。然後他便以宗教信仰作覆，更提到他所見的菲律賓天主教徒，常做壞事，便去向神父告解。一出教堂又做壞事。他似乎為天主教徒的行為提出了異議！他認為我國儒家的正心、誠意……來得確切實在，我們做人應該本於自己的良心！不過他說他的母親是基督徒，而他自己什麼教都不信，只求自己無愧於心。有一天我接到他的信時，正是他出差來到台北之日，說會來宿舍看我。不久，他真的來了。他約我吃午飯，而後去看電影。我建議他約家賢與雅文一起去。可是他說下次好了，等他調回台北時再請她們。

　　在吃飯時，他談到從前在南京時的好友陳振熙。陳振熙有個妹妹叫陳惠華，因為好友的撮合，加上他年輕不懂事，便胡裡胡塗地跟陳惠華結了婚。但兩人個性不合，經常爭吵。不久他到青島任連絡參謀，後又被派到東京。從此音訊全無，想來在共產黨統治下，一定是凶多吉少。我很為他的感傷而難過，問：「既然你的家人都在南京、上海。你怎麼想到要來台灣呢？」他說這全是他的老長官侯騰廳長為他安排的。

　　半年後，他果然自屏東調回台北，但不再借住史家賢家，而住在長安東路，擔任國防大學校長隨從軍官。一次他又來宿舍找我。而正巧我同屆不同系的胡同學也來了。我們在會客室談天，他便建議由他作東，一起到中山堂附近的朝風咖啡館去喝咖啡聊天。胡同學居然也同意，我們三人邊聊天邊喝咖啡。他談自己從軍時的艱苦與險遇，後又談到他一夥年輕駐外武官的趣事，如韓大志、溫哈熊、杜慶等。杜慶派往蘇聯，後與中俄混血兒蓮娜結婚。

　　調回之後，他常約我，他又告訴我即將調任國防部總連絡官室中校連絡官。可以多領八百元台幣的外事加給。這也是他的老長官侯騰中將的幫忙，因為他向侯將軍訴苦，軍中待遇菲薄，無法養家。他覺得他應該結婚，大陸

上的太太由於他的軍人身分一定已被清算鬥爭，更何況早已下落不明。侯將軍問他有對象沒有？他告以是台大學生。這是他對我的暗示，在我畢業那年，他向我求婚。那時我不敢即時答應。我說：讓我考慮。

周有前妻師友勸阻

那時史家賢提出忠告，要我小心，別受騙了。她更加上一句：「你可知道周大利在大陸上結過婚？他是工學院陳振熙的姐夫！」我說我知道。家賢訝異地說：「妳怎會知道？是他自己說的嗎？」我點了點頭。家賢還是加強語氣表示：「你要多多考慮考慮！」

我的確是在考慮，因為我在高中時就很喜歡我的國文老師，我升高三那年，他考上台大文學院的研究所。我高中畢業是全班唯一考上台大的學生，他寫信道賀。後來他知道我已註冊，並搬進女生宿舍。那天他以識途老馬之姿，帶我走遍了校園的每個角落。我更喜歡他。

家賢的小姑姑的朋友想要找個家庭教師，教兩個讀小學的一兒一女。我為了賺取生活費用，便答應擔任家教。可是國語要教注音符號。我雖學過，但大半忘了，為此發愁不已。而老師鼓勵我，借給我一本國音字典。在我有問題時，便寫信向他請教，他會即時回復，有時他過來面授。有次他建議看電影，我約了同學谷芳，他約了研究所同學，我們四人看了一場電影，而後他們又在西門町的一家小館請我們吃餡餅與小米粥。後來谷芳建議我們找機會也還請他們一次。我想禮尚往來，這是應該的，但是一時找不到合適時間。而她認為不要拖太久，我也同意。有天谷芳與我在校門口相遇，她看了看手錶說：「現在三點鐘，我們到男生宿舍去看看，若他們二人都在，商定個合適時間，我們請他們看電影，好不好？」我想也好，於是我們二人邊談邊走，到了男生宿舍。男生宿舍不像女生宿舍有傳達，只好自己尋找老師的房間號碼。門是關上的，我們輪流輕敲了多次，沒人答應，以為他們出去了。正想離開時，老師睡眼惺忪地打開房門說道：「抱歉，不知道妳們要來。我衣冠不整，你們有事嗎？」我說沒事，但還是說了谷芳和我想哪天請

二位看電影。說完也就匆匆告辭。

　　家賢看到了一份布告，是學校將於暑期組團前往金門勞軍，希望有意願的同學早日報名。好動的家賢慫恿我一起去報名。我被她說服，我想行萬里路勝讀萬卷書，出去見識見識也好。於是我們於四十年八月在金門待了一個月。當老師知道我要去金門，他臉色很不好，似乎不贊同。後來我收到他的信，說：「近日我在餐廳裡常見到許多同學大吃大喝，還高談闊論，像一批職業演員。看來他們像是要去金門的同學。我真不懂他們為什麼還沒有把事情做好，就先來大吃大喝。幸好在那群人當中我沒有發現妳……」。信很長，他大概怕我不高興，說他自己也是與一些朋友一起在餐廳吃飯。所以他以「民以食為天」做為結語。不過他又加了一句：「妳即將去金門了，希望妳能遇到志同道合的朋友。」

　　一個月之後，我又回到學校，一切也都恢復常態，忙於課業與家教。但谷芳卻多了一件事，她參加了學校的平劇社。有一晚，我做家教回來，在女生宿舍大門邊看到谷芳與他的身影。我立即閃開，沒與他們打招呼。我也頓悟了！谷芳是為了親近他，因為老師是戲迷，老早便參加平劇社！那時我很生氣！我想我該退，還是跟她爭？深思之後，還是順乎自然的好。因為我想到一個理論：「愛人是痛苦，被愛是幸福」，而且他們二人興趣相投，我對京戲一竅不通。

　　我想到胡同學對我也有情意，只是他比我小一歲。我很在乎年齡，而他的口頭禪卻是「愛情不在乎年齡與高矮等外在因素」。可是最後，我還是決定選擇周大利。因為他可說是我同鄉，我們都能講上海話，比較親切。彼此也談得來，而且他為人坦誠正直。

神父幫我考察合格

　　婚事，在天主教是七大聖事之一。所以我把周大利求婚之事，告訴了神父。神父聽後，不予贊同，主要是因為軍人身分。也許一般軍人給神父的印象不佳。其次，神父認為他有點巧言令色、玩世不恭，怕我會吃虧。還有

一個最嚴重的問題，他在南京結過婚，以後可能有許多麻煩。所以神父也要我多多考慮。我跟神父說我已考慮過了。至於他結過婚，他的太太在大陸生死不明。他的老長官說，若生死不明、音訊全無超過三年，可以申請離婚。這有法規可查，他的老長官正在替他辦理中。而後我更為他的能言善道，好像給人有玩世不恭的感覺辯護。我說他為人誠正，也沒有煙酒等不良嗜好，而且他喜愛文史，對中外哲學也有研究。我說：「我寫畢業論文《法律與道德》時，他還給我提供了一些資料。」最後龔神父說：「讓我看看他，最好你要告訴他來參加要理班，聽天主教的道理。」

他見過龔神父之後，彼此對對方的印象都很好。他也居然答應聽天主教的道理。我很高興地陪他聽了兩次，此後都不需要陪同，是他獨自來聽道。他也領受了天主教的洗禮，龔神父也答應為我們在華山天主堂結婚時證婚。我們正在進行結婚事宜之時，他的好友陳振熙跟他說：「你不能片面跟惠華辦離婚，依我們廣東人的規矩準繩，男人可以結兩次婚，兩個太太兩頭大。」大利認為現代法律規定一夫一妻制，這種說法也非受高等教育的時代女性所能接受。因此兩人不歡而散。次日陳振熙的姑姑找他，提出最後通牒：若不答應將會告他重婚罪。或許根本結不成婚！

當他告訴我以上種種時，我們的臉色都很凝重。我們的結婚喜帖都已印好！那該怎麼辦呢？我們還是決定去問龔神父。龔神父認為：「既已辦了離婚，在法律上講不是重婚，而且以前的婚姻不是在教堂舉行。故現在是第一次在天主台前舉行婚姻聖事，該是合情、合理、合法之事。」不過，他還是要呈報主教批示。

最後，我們仍依原訂計劃，於四十三年十月二十四日舉行婚禮。但改了地點，不是請帖上的中正路華山天主堂，而改在民生西路的蓬萊天主堂。因為婚姻大事是神聖的，怕萬一臨時來個鬧場，影響了教堂的肅靜與安寧。為了更改教堂，證婚人不是龔神父，而是蓬萊天主堂的本堂神父。

喜筵也仍依原定計劃，在西門町國際戲院隔壁的梅龍鎮餐廳，不致影響親友來喝喜酒。少數最親近的好友已電話通知更改了教堂。事後聽說，曾有

人到華山天主堂詢問：「婚禮為什麼不準時舉行？」「在哪兒舉行婚禮？」都因得不到答案而離開了。

當時結婚，大半都送禮物而很少送禮金。以致十多桌的酒席錢一時難以全部付清。幸虧大利的小哥大贊任職於民航公司，待遇高並稍有積蓄，為我們解決了難題。我們雖度過了最大最艱困的關卡，但以後面臨經濟與生活上的困苦難事仍層出不窮。

老友官高不忘舊情

後來大利調任國防部總連絡官室，後改組為國防部連絡局，局長為胡旭光。大利任第四組副組長，自民國四十四年一月一日起升任為國防部連絡局第四組組長，能有外事加給八百元，這是一大喜事。而我的兒子周全於是年八月出生，要雇個佣人，每月工資二百二十元。我在國立中央圖書館的月薪卻只有三百三十元。我們要付房租，還有孩子的奶粉等等必需支出，每月幾乎都是寅吃卯糧，生活仍然艱苦，但經過精打細算，總算勉強可以度日。

大利在國防部連絡局時，溫哈熊中校於四十四年十月也來到局裡任副組長。於四十六年二月一日後升任第五組組長。他們兩個年輕時代的朋友又在連絡局重聚。但溫哈熊不久調任陸軍總司令部而離開連絡局。民國五十年六月國防部連絡局副局長出缺，溫哈熊上校又調回連絡局出任副局長。那時大利也是上校。他出生於民國八年十二月，溫副局長出生於民國十二年三月三日。溫先生在年齡上年輕，而在職位上比較高，他是副局長，大利還是第四組組長。但他們彼此理解尊重，在感情上完全不受影響，而且彼此真誠相待。

民國五十年十月溫副局長調離連絡局，先後出任國防部部長辦公室少將副主任及駐美採購服務團中將團長兼行政院駐美採購服務組主任等職位。民國七十三年七月一日，升任聯勤總司令，至七十八年十二月止，官拜陸軍二級上將。可是大利仍然是少將。

大利於民國五十三年初調任軍官外語學校教育長（該校後併入政戰學

校），五十八年升任政治作戰學校國防語文訓練中心少將主任，職司三軍外語教學。民國六十年升任國防管理學校校長，六十三年重返國防部連絡局出任局長，負責國軍與美軍及其他外國軍方之連絡，直至民國六十六年退役為止。退役後除於國防語文中心兼任教職外，其餘時間則專心於著述。他一生好學不倦，除戰略及語文外，亦旁及哲學、史學、科技、音樂等。

民國三十四年，大利曾發表原子彈專題報告，四十七年又發表「人造衛星與宇宙航行」一文，均開國內相關報導的先河。韓戰時因戰情資料精到及判斷正確，曾獲頒勳章。退役後有《對英文語句之研究》及《周易要義》等專書出版。易經是他一生的至愛。他讀易經逾四十年，除精研義理之外，並取史事引證周易各卦，《周易史證》手稿已有十餘冊。

大利與我結婚迄今已逾半世紀。我學法律，但只在律師事務所任助理一個月。後因龔士榮神父推介至國立中央圖書館服務，受過兩次圖書館專業訓練，自幹事、人事管理員、編輯而編纂，直至退休，共三十三年。其間任參考諮詢館員長達十六年之久，業餘喜愛寫作，除《書僮書話》、《生活法律故事》之外，尚有文學性的小說、散文、劇本等作品十餘種。在報刊上曾寫過「好書引介」與「生活與法律」專欄多年。

我們有一子一女。子名周全，台大歷史系畢業後赴德留學研究西洋史，以該系當學期最高分獲得哥丁根（Göttingen）大學碩士學位及博士候選人資格，曾於德國高中及大學擔任教職，後於莫斯科任「蘇太科技發展股份有限公司」總經理，致力於我國與俄羅斯民間高科技產品與技術之交流，及新式交通工具之開發。現於台北專事翻譯及寫作，並將德文書或英文書翻譯成中文。已出版《白玫瑰 一九四三》、《德藝百年》、《一個德國人的故事》、《破解希特勒》及《閱讀的女人危險》等書，去年與前年連續兩度入圍金鼎獎最佳翻譯。目前已翻譯《趣味橫生的時光：霍布斯邦的二十世紀人生》，即將於二○○八年五月出版。

女兒周密，國立政治大學歷史系畢業後，考入文化大學藝術史研究所，後至美國印第安那大學又攻讀藝術史，均獲碩士學位。現住美國，任北美世

界日報駐密蘇里州記者。二〇〇七年十一月起任美國聖路易美術館亞洲處研究助理。十三年前，周密曾帶女兒黃悌芬返台北居住半年，後回美國，本來周密也希望我們一起赴美。

可是那年赴美之前，大利在榮總作健康檢查，發現肝有陰影。住院再檢查時，認定不是原發性，而是由直腸惡性腫瘤轉移而來。後經割除手術、出院。化療了五個月，又因不適而住院，其間女兒、女婿帶著孩子返台探病。當大利在醫院領受天主教的終傅（傅油）聖事，我們全家人都參加。後因大利病情穩定，女兒女婿因工作關係，又回美國。

溫總司令與夫人洪娟女士於五月二十七日上午時來醫院探視，時大利已不能言語，只能睜著無神的雙眼。我心慌且疲憊不堪，但勉力打起精神。他們帶來高級水果，我感激莫名，竟不知應如何道謝。我只想到人生旅程的終站，大利將來是否該安葬於天主教的公墓。而那時仁慈關懷的溫總司令建議，要我與軍墓處處長連絡，並寫下電話。因此，後來我預定了五指山國軍示範公幕的一個雙穴墓地。為大利，也為我自己預留了未來肉體的安身之所。

是日我很累，等溫總司令與溫大嫂離開後，我想飯後回家睡個午覺，要兒子和護佐照顧老爸。我剛回到家，便接到護佐電話，說：「妳兒子吃飯還沒回來，妳先生不行了。」我驚嚇得即刻又趕回醫院，因週末車多、交通阻塞，計程車走走停停，到醫院已是下午二時半。兒子也已吃好飯回來了。那時我忘了自己的疲累，只是抱怨，我為什麼要離開？他為什麼就這樣地走了？我想不通，那時也不容我想，還有許多事情要等著辦理。但我為了讓大利的靈魂得到安息，所以先請護理長幫忙，代我通知在十三樓的天主教堂，以及聯絡其他的一切事宜。等到處埋完畢，兒子和我離開醫院院時，已是夕陽西下，夜幕低垂。

一路上，我還是在想：他為什麼選擇那個時刻，獨自一人靜悄悄地走了？不願我們送他最後一程。是他愛清靜？是他五十年前的老朋友溫哈熊先生來看他，為他安排，故他放心地走了？

天上的息

老病纏身幸遇良醫

在溫總司令的賜助及諸親友的協助下，民國八十四年六月三日在榮總的懷遠堂為大利舉辦了追思彌撒（由龔士榮、李鴻皋與桂雅安三位神父聯合主持），後安葬於五指山國軍示範公墓。一切都在順利平安中完成。

當孩子又出國回到僑居地工作，我在台北成了獨居老人。一天晚飯後，我不小心在家滑倒，無法站立走路，爬到客廳打電話向住在隔壁的九十歲嬸嬸求助。我說我一定跌斷了腿骨，要請一一九協助送醫院。嬸嬸建議我應該先把房門打開，我想有道理。可是我艱苦地爬到門口，因不能站立而無法開門。等到堂弟與表哥表嫂自基隆來到，費盡心力找人把門打開、送我到榮民總醫院時已近午夜。

次日動了手術。我因骨質疏鬆，右髖骨粉碎性骨折，當時動手術時用骨水泥黏連，並加上鈦鋼板。因骨水泥塗得太多，阻礙血液流通，右腿常常疼痛。去年美國的內科醫生要介紹我去看骨科醫生，建議我該換人工關節，但是我害怕動手術，想回台北看骨科醫生後再做決定。並預定於十月中旬返台。

可是在九月初我的眼鏡架折斷，去配眼鏡時，驗光醫師說我兩眼白內障嚴重，尤其是左眼，應該先動手術，然後再配眼鏡。因此我在十月十三日動了手術。一般的經驗是，動了白內障手術後，眼睛會雪亮清晰。可是我沒有雪亮的感覺，而且左眼視力並未改善。但因動了白內障手術，所以返台的期延後至一月才成行。

我於十一月中旬回到台北。由於朋友推介我到一家醫院看了骨科權威陳院長，照了X光片後，院長便問何人動的手術？我據實以告，陳院長說，因骨水泥塗得太厚，阻礙血液流通而骨頭壞死，應換人工關節。但他考慮良久之後說：「高難度，不動也罷！」不動手術是我所希望的話語，但後來朋友介紹了另一名醫吳醫師，他說要看了片子之後才能做決定，於是我告以上週剛照過X光片，於是我便去先前的醫院申請拷貝。

當我門診時，陳院長一見面就說道：「我正要找妳。」我露出訝異的神

情後，他指著片子表示：「我想到了一個最新的方法，妳可以換人工關節，把這打掉……」我接著說：「院長，我聽不懂，也記不住，能否請您寫下來。」他拿起筆來就寫，寫的是英文，並在上面蓋章。他說：「給妳的醫生看。」我說：「在美國我還沒有看過骨科醫生。」向他道了謝以後又開口問道：「這高難度的手術是否需要很長的時間？自付費用多少？我已訂於一月十六日去美國，也許我明年回台北動手術。」答案是：「大概一兩個鐘頭，自付費用是七萬元。」

我把拷貝拿給吳醫師看之後，吳醫師考慮良久，並問我目前狀況。我說我常腿痛，走起路來一拐一拐的。但不曉得骨頭壞死和血液不流通是在骨頭局部？還是會影響全身血液？

所得到的答覆是：在局部的骨頭。吳醫師指著X光片說：「這兒壞死。」我便拿出陳院長所寫的手術計劃給吳醫師看。吳醫師說：「這是新手術，你要被試驗嗎？」我心中想著：「那真是高難度的手術！我不想做被試驗的白老鼠。」所以我搖搖頭。最後吳醫師也認為暫時不需動手術，但我望著旁邊的助理黃小姐，她似乎領會了我的心意。她說：「以後如果痛得嚴重，醫生會有辦法治療。」

我害怕骨頭壞死，但又做著不動手術的打算。我又回到從前在榮總為我動手術的魯醫師，他現在已升任我家附近一所醫院的主任。我是他的老病人，他一向很善待我，要我適度運動、曬太陽、腿痛時擦藥膏、吃「福善美」與鈣片等。當我此次得知我的病情後，便詢問骨頭壞死的後果。魯主任說我的情況還不嚴重，若以十等級來區分，我的骨頭壞死在二、三級，保證再走十年也沒問題。他自得也風趣地說：「那時我再來替妳動手術。」然後魯主任向旁邊的護士小姐說：「她是大作家。」我愧不敢當，於是連忙說道：「我是無名小卒，只是喜歡塗鴉而已。將來我若能活到九十歲，一定會為魯主任寫一篇專文報導。」魯主任卻說：「我是骨科外科醫生，風險也大，可不知到時候是否還能健在？」我說：「醫生懂得保健，一定會長壽的。」

但是，說真格的，誰又能知道自己的未來呢？不過，我對骨頭壞死的恐懼已經稍減，故換人工髖骨之事，原則上暫時告一段落。

　　至於我的左眼動了白內障手術後，視力仍然不好。所以朋友為我推薦了一位眼科名醫劉院長，經過門診照相，掃描及多種檢驗後，得知非白內障手術問題，而是黃斑縐褶與水腫，需用眼球注射藥物治療。於二○○七年十二月三十一日上午進手術室進行治療。注射手術非常順利，除了稍稍疼痛，左眼被遮蓋面成了獨眼龍之外，生活不受影響，一切正常。今天我終於能夠試著靜下心來，完成這篇已斷斷續續寫了兩個多月的拙文。

　　前些日子我因奔波煩憂而無法續寫，但日子都在朋友與兒子的助力下，終於平安度過。這一切如有神助！我又找回了我自己，但現在所寫出內容卻與原先的計劃不同。

　　誰能知道自己的未來？一切都掌握在上主的手中！就連這篇短短的小文也無法由自己控制，還能妄論其他？但過去的往事卻一切如同昨日，恆久不變地映現於眼簾。

　　附註：本文定稿於除夕夜。是夜連電視機也沒開，忽然聽見傳來一陣歡呼聲。我抬頭遙望窗外，看見一○一大樓正煙火燦爛。原來是午夜，二○○七年已過，人們正在迎接新年，二○○八年的到來。

　　　　　　　原刊於《中外雜誌》二○○八年六月號第八十三卷第六期

畫頁

追夢的媽媽和密密

上：唐潤鈿和周密母
女‧1969年
下：唐潤鈿和周密母
女‧四十年後竟有同
樣的坐姿‧2009年

摯愛家庭的媽媽

上：台大畢業後母親就結婚，唐潤鈿（左二）和台大同寢室閨密，台大校
長錢思亮（左六）於台北中山堂，1954年
下：全家福，父親周大利和母親唐潤鈿、哥哥周全和周密（右），1959年

上：媽媽非常喜歡這張牽著我
們兄妹倆的照片，1960年
下：父親周大利將軍和母親唐
潤鈿女士，1969年

上：中華民國春節晚宴．唐潤鈿（左起）和周大利將軍伉儷，及行政院長蔣經國
（右一）．1975年
下：全家福．周全、唐潤鈿、周大利及周密．1983年

XTREME XPLORER

Where did it come from?

It was 30 years in development.

How does it work?

It floats off ground, on air pressu

上：周全開發地面效
應船（翼地飛行器）
XTREME XPLORER，
唐潤鈿在美國維吉
尼亞州諾福克參
觀．1998年
下：媽媽和鍾愛的外
孫黃安立．2013年

天上的魚

熱愛工作與寫作的媽媽

上：《中央日報》晨鐘副刊作者春節聯歡茶會，羅蘭（左二起）、副刊主編胡有瑞、周密、唐潤鈿，1984年
下：中央圖書館退休館員定期聚會研討，唐潤鈿（前排左起）、長青會主席汪雁秋，2016年

《文訊》雜誌社爲資深作家舉行慶生會。前排左起：邱七七、唐潤鈿、陳若曦、康芸薇。後排左起：徐卉卉、袁言言、劉靜娟、文訊社長封德屏、丘秀芷、林少雯、高雷娜。2019年（照片由《文訊》提供）

天上的魚

喜愛繪畫充滿愛心的媽媽

唐潤鈿的國畫山水畫・1966年

上：唐潤鈿也喜歡鉛筆素
描，1998年
下：參展《相遇在台灣：
城市老人畫譜》，1998年

唐潤鈿

女　1929生　上海松江

少女時代最喜歡的一件
大事，就是獨自離開家
鄉，來獨的到最喜歡接
觸，並在台灣完成大
學學業。喜愛文學的她
曾發表許多散文，並目
以專業的法律系的資才
進廣少年編輯法律常識
的書。

43年前之結婚照

婚前是師娘，邊任軍職的先生曾有代那
陰，也沒有妖養的財節，戰後只好穿著軍
裝結婚，每上配著了代表學學的勳章

繼母的感化

繼母是個愛護我很深的人，
直視我為她不託我讀
書，找莱妮維接來台讀
是中，進大學，若沒有
繼母找不會獨白離家求
學，不十年後我改嫁，
她切勉在，找不再愍依
，她也不再生氣，怕許
找終於感謝您，受我改變
了我的一生。

唐潤鈿是虔誠天主教徒，幫助福傳並樂於助人。曾捐贈故鄉子弟獎學金，1999年

唐潤鈿小傳

　　唐潤鈿生於1929年3月，江蘇省松江縣人。初中畢業後在上海市郊的一所小學任教兩年半。爲了讀高中，她逃家到台灣，就讀省立基隆女中，1950年考入國立台灣大學法律系，畢業後進律師事務所任助理。1954年10月國立中央圖書館在台北復館，進入服務三十三年至退休。

　　她喜愛文藝，寫作文類包括散文、小說、兒童文學、電視與廣播劇本，寫過《好書引介》、《生活與法律》等專欄，退休後仍然寫作不斷。

　　得獎紀錄：

　　1966年，〈耕耘與收穫〉，教育部電視劇佳作獎。

　　1966年，〈手術前後〉，教育部電視劇佳作獎。

　　1969年，〈戚繼光〉，教育部民族英雄故事徵獎入選。

　　1969年，〈謝安〉，同上。

　　1969年，〈醒〉（獨幕劇），李曼瑰教授姊弟爲紀念先翁李聖質先生設立之宗教劇，佳作獎。

　　1969年，〈陰後晴〉，台灣新生報和台灣電影製片場合辦「小鎮春回」徵文，佳作獎。

　　1970年，〈家〉（多幕劇），菲律賓華僑吳伯康戲劇創作獎，第二名。

　　1971年，〈石縫小樹〉，中央婦女工會慶祝建國60年徵文，佳作獎。

　　1971年，〈姑媽〉，教育部，徵求倫理故事入選。

　　2008年，〈與落難天使共處〉，高雄財團法人火鳳凰文教基金會第二屆「浴火重生」另類文學獎入圍。

　　唐潤鈿是世界女記者與女作家協會（AMMPE）中華民國分會會員，以及海外華文女作家協會（OCWWA）永久會員。

周密小傳

　　周密現任聖路易藝術博物館亞洲藝術處助理研究員及美國世界日報記者。政治大學歷史系畢業，文化大學藝術史碩士（中國藝術），後赴美國，獲印第安納大學藝術史碩士（現代藝術）。

　　曾獲美國海上大學獎學金雲遊十餘個國家，將見聞寫成《海上大學一百天》，另出《莊子的世界》及《小龍遊藝術世界》。獲台灣新生報及新聞處合辦之「關懷」徵文比賽佳作獎，天下文化與30雜誌主辦的「星雲模式的人間佛教」百萬徵文比賽社會組參獎。近年來文章刊登在聯合報、中華日報、世界日報、世界週刊，及浙江日報美國版等。

　　周密曾寫日本版畫系列文章，於2016年至2019年刊登於聯副，她從版畫藝術切入，寫日本明治維新和兩次中日戰爭，廣得好評。

　　散文近作〈落花游魚〉收錄於《采玉華章：美國華文作家選集》，及〈面紗先知舞會〉收錄於《2015年中國散文精選．台灣卷》。

　　周密是北美華文作家協會聖路易分會的創會會員之一，歷任副會長及會長。2022年再度當選爲會長。她是海外華文女作家協會（OCWWA）永久會員，以及世界女記者與女作家協會（AMMPE）中華民國分會會員。

　　2015年周密榮獲艾丁亨（The Attingham Summer School）獎學金，以皇家橡樹基金會學者身分到英國去研究不同歷史時代的城堡古屋，以及貴族的藝術收藏。近年潛心習畫，她的水彩畫和油畫甄選進入多個畫會展覽並得獎。周密的繪畫官網是https://www.mimichuang.art

國家圖書館出版品預行編目資料

天上的魚／唐潤鈿著. --初版.--臺中市：白象文
化事業有限公司，2022.12
　　面；　公分
ISBN 978-626-7189-77-1（平裝）

863.55　　　　　　　　　　111017667

天上的魚

作　　　者　唐潤鈿
繪　　　者　周密 (Mi Chou Huang)
校　　　對　歐陽元美、周密
發 行 人　張輝潭
出版發行　白象文化事業有限公司
　　　　　　412台中市大里區科技路1號8樓之2（台中軟體園區）
　　　　　　出版專線：（04）2496-5995　　傳眞：（04）2496-9901
　　　　　　401台中市東區和平街228巷44號（經銷部）
　　　　　　購書專線：（04）2220-8589　　傳眞：（04）2220-8505
專案主編　林榮威
出版編印　林榮威、陳逸儒、黃麗穎、水邊、陳婷婷、李婕
設計創意　張禮南、何佳誼
經紀企劃　張輝潭、徐錦淳、廖書湘
經銷推廣　李莉吟、莊博亞、劉育姍、林政泓
行銷宣傳　黃姿虹、沈若瑜
營運管理　林金郎、曾千熏
印　　　刷　基盛印刷工場
初版一刷　2022年12月
定　　　價　380元

白象文化　印書小舖 PressStore 出版‧經銷‧宣傳‧設計
www.ElephantWhite.com.tw　f 自費出版的領導者　購書 白象文化生活館